Wege in DIE STADT DER FRAUEN

Texte und Bilder der Christine de Pizan

Wege in DIE STADT DER FRAUEN

Texte und Bilder der Christine de Pizan

Herausgegeben, übersetzt und kommentiert
von Margarete Zimmermann

LEIB & SEELE
Zürich

Umschlagillustration:
Vorderseite
»Christine und die Cumäische Sibylle bei der Betrachtung der Himmelskörper«;
London, British Library, Ms. Harley 4431, fol. 189v
Rückseite
»Christine in ihrer Studierstube«, Paris, Bibliothèque Nationale, Msf. fr. 603, fol. 81v

Umschlaggestaltung: Bear Company, Hamburg
Layout und Satz: Alpha-Druckereiservice, Radolfzell
Printed in Spain

ISBN 3-906715-16-7

Auslieferung: VSB Braunschweig

Wir schicken Ihnen gern unser Verlagsprogramm zu:
Leib & Seele Mediaconcept AG
Redaktionsbüro Hamburg
Willhoop 7
22453 Hamburg

Der Umwelt zuliebe auf chlorfrei gebleichtem Papier gedruckt
und in recyclingfähige Folie eingeschweißt

Über dieses Buch

Christine de Pizan (1365 bis etwa 1430) war als ebenso erfolgreiche wie vielseitige Schriftstellerin und Intellektuelle schon im Mittelalter eine außergewöhnliche Erscheinung. Ihre oft reich bebilderten Werke erfreuten sich einer gesamteuropäischen Verbreitung und Beliebtheit. Seit den modernen Übersetzungen ihres Buchs von der *Stadt der Frauen* in sechs verschiedene Sprachen ist sie nun erneut eine europäische Schriftstellerin von Rang geworden. Das vorliegende Buch verfolgt die Absicht, das deutschsprachige Lesepublikum umfassender und vollständiger als bisher mit Christine de Pizans Werk vertraut zu machen; ein Œuvre, das rund 600 Jahre nach seiner Entstehung noch immer von einer erstaunlichen Aktualität und Aussagekraft ist.

Dieses Lesebuch präsentiert – neben ausgewählten Texten aus der *Stadt der Frauen* – erstmals in deutscher Sprache eine Auswahl aus zehn weiteren Werken: autobiographischen Schriften, Gedichtsammlungen, politischen Texten und Streitschriften zu Fragen der Zeit (Krieg und Frieden, Geschlechterbeziehungen, Mode, Mädchenbildung).

Literatur aus der Zeit des Mittelalters ist in den seltensten Fällen jener dürre, glanzlose Text, mit dem wir es gewöhnlich in modernen Ausgaben zu tun haben, sondern ein ›Gesamtkunstwerk‹. Für Christines Handschriften gilt dies in ganz besonderem Maße. Deshalb sind diesem Band 21 Farbtafeln beigegeben, Reproduktionen von Miniaturen aus Christines Werken, die heute zum kostbarsten Besitz großer Bibliotheken und Museen in aller Welt gehören und zum ersten Mal in einer deutschen Buchausgabe veröffentlicht sind.

Zur Herausgeberin

Margarete Zimmermann ist Professorin für Romanistik an der Freien Universität Berlin. Publikations- und Forschungsschwerpunkte u. a.: Christine de Pizan, mittelalterliche Erziehungsliteratur für Frauen, die europäische *Querelle des Femmes* des 15.–17. Jahrhunderts, französische Frauenliteratur vom Mittelalter bis zur Gegenwart.

»Frau Philosophie« im Gespräch mit Christine de Pizan

In jenen Jahren, als du noch deine Kinder
austrugst, verspürtest du bei ihrer Geburt
große Schmerzen.
Jetzt will ich, daß du neue Werke zur Welt bringst,
die in den kommenden Jahren und bis ans Ende aller Zeiten
die Erinnerung an dich erhalten und das Licht
deines Ruhms allerorts hell leuchten lassen.
Diese Werke wirst du, trotz aller Mühsal und Qual,
in Heiterkeit und Freude erschaffen.
Und genau wie eine Frau, die ein Kind auf die Welt bringt,
in dem Augenblick, wenn sie den Schrei ihres
neugeborenen Kindes vernimmt, all ihre Schmerzen vergißt,
ebenso wird es dir ergehen, wenn du zum ersten Male
die Stimme deiner Bücher vernimmst.«

Christines Vision (1405)

Diana und die Frauen:

Die Frauen- und Mondgöttin Diana befindet sich in einem halbkreisförmigen blauen Rüschenkranz, der den Himmel andeutet, und liest aufmerksam in einem aufgeschlagenen Buch. Unter ihr eine Gruppe von sieben ebenfalls lesenden jungen Mädchen und Frauen in roten und blauen Gewändern, die diesem Bild seine leuchtende Farbigkeit verleihen.
Während Darstellungen der lesenden Gottesmutter Maria – oft mit einem aufgeschlagenen Buch in der Hand, auf einem Esel sitzend, Joseph an ihrer Seite – gerade im Mittelalter sehr verbreitet sind, ist das auf dieser Miniatur gestaltete Motiv einer Gruppe lesender Frauen ungewöhnlich.
Es verweist auf das neue Selbstverständnis von Frauen als einer an Bildung und Buchkultur interessierten Gruppe.

Diana und die Frauen, *London, British Library, Ms. Harley 4431, fol. 10*

Inhalt

I. Zur Einführung

CHRISTINE DE PIZAN –
EIN FRAUENLEBEN IN BEWEGTER ZEIT

II. Aus den Schriften der Christine de Pizan

ICH, CHRISTINE

VON MÄNNERN UND FRAUEN

DIE STREITBARE CHRISTINE

CHRISTINES VISION

III. Anhang:

I. Zur Einführung

CHRISTINE DE PIZAN – EIN FRAUENLEBEN IN BEWEGTER ZEIT

Kindheit und Jugend

Wäre es nach ihrem Vater gegangen, dann wäre Christine de Pizan ein Wesen männlichen Geschlechts geworden. Aber die Mutter, die sich ein ihr ähnliches kleines Mädchen wünschte, habe sich bei ihrer Zeugung durchgesetzt, und so sei sie eben als Frau auf die Welt gekommen, schreibt die siebenunddreißigjährige Christine de Pizan, nicht ohne ein Lächeln. Welch ein Glück für die Nachwelt, für uns, denn sonst wären wir um die seltene und deshalb so kostbare Stimme einer Frau aus dem Mittelalter ärmer geblieben.

Christine de Pizan erblickt um 1365 in Venedig das Licht der Welt. Sie stammt aus einer Familie von Gelehrten und ist die Tochter eines berühmten Wissenschaftlers, des Arztes und Astrologen Tommaso, gebürtig aus Bologna, einem der wichtigsten intellektuellen Zentren des damaligen Europa und zugleich ein Zentrum der Buchherstellung. Die väterliche Familie stammt aus Pizzano, einem Ort südöstlich von Bologna. Von ihrer Mutter wissen wir kaum mehr, als daß sie die Tochter eines Bologneser Kollegen war. Christines Großvater mütterlicherseits war Rat der Republik Venedig, und ihr Vater wird dort später eine ähnliche Position innehaben.

Christine wächst gemeinsam mit zwei älteren Brüdern zunächst in Venedig, seit 1368 am Hofe des französischen Königs Karl V. auf, der ihren Vater als Arzt und Astrologen an seinen Hof berufen hatte. In unauslöschlicher Erinnerung bleibt ihr auch nach vielen Jahren noch die erste Begegnung mit diesem Monarchen.

Die Frau und das Kind des Meisters Tommaso, meines Vaters, wurden gleich nach ihrer Ankunft in Paris in allen Ehren empfangen. Der mildtätige, gütige und weise König begehrte sie, die noch ihre reichverzierten, kostbaren lombardischen Gewänder trugen, die Frauen und Kindern von Stand angemessen sind, schon bald nach ihrer Ankunft zu sehen. Der König hielt sich im Dezember im Schloß Louvre zu Paris auf, und er empfing Tommasos Frau und Familie mit großer Freude und machte ihnen schöne Geschenke.

Christines Vision (1405)

Zeit ihres Lebens und auch nach dem Tod des Königs im Jahre 1380 wird sie diesen Herrscher, dessen Regierungszeit (1364-1380) eine Zeit des Friedens war, verehren und sein Andenken in dankbarer Erinnerung bewahren.

Christine verbringt eine glückliche Kindheit in der Obhut einer liebevollen Mutter und eines Vaters, von dessen »Schatz des Wissens«, von dessen außerordentlicher Bildung und Gelehrsamkeit sie so weit profitiert, wie es ihr möglich ist. Auch wenn sie später stets bedauert, nicht noch mehr Wissen erworben zu haben, bekommt sie auf diese Weise doch eine intellektuelle Ausbildung, die weit über das hinausging, was für ein junges Mädchen im Mittelalter üblich war.
Hinzu kommt, daß sie ihre Jugend am französischen Königshof und damit an einem der bedeutendsten intellektuellen Zentren des damaligen Europa verbringt und daß sie Zugang zu der berühmten Bibliothek Karls V. im Louvre hat. Durch ihre gleichzeitige Teilhabe an der über die Eltern vermittelten italienischen Kultur und

an der Kultur ihres französischen Gastlandes wächst Christine als ein »Kind zweier Welten« (Charity Cannon Willard) heran, als die in höchstem Maße privilegierte Tochter eines renommierten Gelehrten und einer Mutter, die als Tochter eines Wissenschaftlers ebenfalls über einen außergewöhnlichen intellektuellen Horizont verfügt haben dürfte.

Eheglück, Witwenleid

Christine, die vielumworbene Tochter des vom König hochgeschätzten Arztes und Astrologen Tommaso, heiratet mit fünfzehn Jahren, einem im Mittelalter durchaus üblichen Alter, den fünfundzwanzigjährigen königlichen Sekretär Étienne du Castel, mit dem sie drei Kinder, eine Tochter und zwei Söhne, hat. Diese Ehe wird sie stets als glücklich bezeichnen. Bereits ab 1380, dem Jahr, in dem der König stirbt und Tommaso seine privilegierte Stellung am Hofe von einem Tag zum anderen verliert, verschlechtert sich die Lage ihrer Familie rapide.

Damit wurde die Pforte zu unserem Unglück geöffnet und ich, die ich noch sehr jung war, hineingestoßen.

Christines Vision (1405)

Eine lange und schwere Krankheit des Vaters hat eine finanzielle Notlage zur Folge, denn der in dieser Hinsicht sorglose Wissenschaftler Tommaso hatte keine Rücklagen für schlechte Zeiten angelegt. Um 1385 stirbt der Vater, wie Christine später schreibt:

Im Vollbesitz seiner geistigen Kräfte und in großer Dankbarkeit für seinen Schöpfer, wie es einem guten Katholiken ziemt, und in eben jener Stunde, die er selbst vorhergesagt hatte.

Christines Vision

Nur vier Jahre später wird ihr Ehemann Étienne im Alter von vierunddreißig Jahren in Beauvais ein Opfer der Pest und hinterläßt eine fünfundzwanzigjährige Witwe mit drei kleinen Kindern, die außerdem noch für ihre Mutter und für eine Nichte zu sorgen hat, da ihre beiden Brüder Paolo und Aghinolfo es vorziehen, nach Italien zurückzukehren. Christine erinnert sich an diese schwierige Lage, die sie völlig unvorbereitet trifft.

Jetzt bedrängten mich Sorgen von allen Seiten, und ich fand mich umgeben von Klagen und Prozessen, wie es nun einmal das tägliche Brot der Witwen ist.

Christines Vision (1405)

Die Lebenskrise – und ihre Bewältigung

Es folgen Jahre der Verarmung, der tiefen Niedergeschlagenheit, der Demütigungen, der Krankheit, zugleich aber auch Jahre, in denen sich eine radikale Wende in ihrer Existenz vollzieht. Christine schafft es, diese Lebenskrise zu überwinden oder, wie sie es selbst bildhaft ausdrückt, sich von einer Frau in einen Mann zu verwandeln. Sie muß für den eigenen Lebensunterhalt und den ihrer Familie sorgen und arbeitet zunächst wahrscheinlich (ganz genau wissen wir es nicht) als Kopistin fremder Werke: Es ist die Zeit vor der Erfindung des Buchdrucks, und alle Texte müssen von Hand abgeschrieben und vervielfältigt werden. Gleichzeitig liest Christine unermüdlich, erweitert ihre Bildung, sucht literarische Vorbilder.

Frankreich befindet sich zu diesem Zeitpunkt in einer tiefen politischen Krise. Seit Jahrzehnten schon ist es in eine langwierige dynastische Auseinandersetzung mit dem englischen Königshaus, den sogenannten Hundertjährigen Krieg, verwickelt. Es sind vor allem die unteren Schichten der Bevölkerung, die unter den umherziehenden, mordenden und plündernden Söldnerheeren zu leiden haben. Während der

Regierungszeit Karls V. (1364-1380) erlebt Frankreich zwar eine Zeit des Friedens, der Stabilität und der kulturellen Blüte. Mit dem Tode des erst zweiundvierzigjährigen Königs im Jahre 1380 entsteht jedoch ein gefährliches Machtvakuum: Der Thronfolger Karl VI. ist minderjährig, und die drei Brüder des verstorbenen Königs, die Herzöge von Anjou, Berry, und Burgund, rivalisieren um die Macht.

Diese Situation der innenpolitischen Krise verschärft sich, als Karl VI., der 1388 die Regierung angetreten hatte, 1392 das Opfer einer epileptischen Krankheit wird. Die Herrschaft dieses geisteskranken, vom französischen Volk jedoch geliebten Königs dauert bis in das Jahr 1422 und bringt Frankreich an den Rand des Abgrunds. Isabella von Bayern, der Frau des Königs, gelingt es nicht, das Land zu regieren und zu befrieden. Sie gerät selbst aufgrund ihrer Lebensführung zunehmend ins Kreuzfeuer der Kritik. Mißernten, Hungersnöte, Epidemien und Aufstände vervollständigen das düstere Bild eines von einer tiefen Krise heimgesuchten Landes, in dem seit der Ermordung Ludwigs von Orléans im Jahre 1407 bürgerkriegsähnliche Zustände herrschen.

Um 1394 entstehen Christines erste Gedichte. Sie sprechen von der Liebe, der Einsamkeit der jungen Witwe, aber auch von den politischen Zuständen in Frankreich. Zunächst gehen einzelne Gedichte von Hand zu Hand und werden am Hofe vorgelesen, dann stellt Christine eine Sammlung von *Hundert Balladen* zusammen und überreicht sie 1399 der Königin Isabella. Bereits wenige Jahre später entsteht ihr in Versen verfaßtes *Buch vom langen Lernen* (1402/03), das eine Vision zum Inhalt hat. Christine beschreibt, wie sie gemeinsam mit der weisen Sibylle von Cumae eine Reise in außerirdische Räume unternimmt und sich mit ihr über die Situation im krisengeschüttelten Frankreich unterhält.

In den nun folgenden Jahren schreibt sie unablässig, unter anderem umfangreiche Bücher zur Verteidigung der Würde des weiblichen Geschlechts: Den *Sendbrief vom Liebesgott* (1399), der bereits im 15. Jahrhundert ins Englische übersetzt wird, die *Briefe gegen den Rosenroman* (1400/1402), mit denen sie den ersten französischen Literatur- und Geschlechterstreit entfesselt, *Das Buch von der Stadt der Frauen* (1404/05), das 1475 ins Flämische und im 16. Jahrhundert ins Englische übersetzt wird, und ein Buch zur Frauenerziehung: *Der Schatz der Stadt der Frauen* (1405). Von diesem Werk gibt es eine portugiesische Übersetzung aus dem 16. Jahrhundert.

Mehrere Bücher zur Liebe und zu den Beziehungen zwischen Männern und Frauen bilden einen weiteren Schwerpunkt. Aber auch die Vervollkommnung des männlichen Geschlechts ist Christine ein Anliegen. In dieser Absicht verfaßt sie moralische Merksätze und Sprichwörter für ihren Sohn (*Enseignements et proverbes moraux*, um 1400), die sich großer Beliebtheit erfreuen und in der zweiten Hälfte des 15. Jahrhunderts von Antony Wydeville unter dem Titel *The Morale Proverbes of Cristyne* ins Englische übersetzt werden. Noch erfolgreicher ist ihre *Epistre Othea* (*Der Brief der Othea*, 1400), eine Sammlung von einhundert lehrhaften Geschichten aus der griechischen Mythologie, die dem jugendlichen Hektor von der Göttin Othea überreicht werden. Dieses Buch wird in zahlreichen, zum Teil reich bebilderten Abschriften verbreitet; im 15. und 16. Jahrhundert werden drei verschiedene englische Übersetzungen dieses Werks angefertigt.

1405 schließt sie sowohl ihre Arbeit an einer umfangreichen Biographie Karls V. ab *(Das Buch vom weisen König Karl V.)* als auch ihr großes zeitkritisches und autobiographisches Werk, die *Avision Christine (Christines Vision)*. Sie äußert sich in den Jahren nach 1405 immer häufiger zu allen großen Fragen ihrer Zeit, entwickelt Vorstellungen zur Reform der französischen Gesellschaft und zum Frieden *(Le Livre de la paix / Das Buch vom Frieden*, 1413), sie ruft in kurzen Streitschriften zur Beendigung des Bürgerkriegs auf; ja, sie verfaßt sogar einen Leitfaden zur Erlernung des Waffenhandwerks, den *Livre des Fais d'armes et de chevalerie* (1406). Diese Schrift wurde übrigens bereits um 1430 unter dem Titel *Das Buch vom Fechten und von der Ritterschaft* ins Deutsche übertragen.

Christine gelingt es, die mächtigsten Adligen im Europa jener Zeit – nicht nur in Frankreich, sondern auch in Italien und England – als Mäzene zu gewinnen und als erste Berufsschriftstellerin Frankreichs ihren Lebensunterhalt zu verdienen. Die Liste ihrer Gönner enthält illustre Namen: Der Herzog Jean de Berry und seine Tochter Marie, Philipp der Kühne von Burgund und andere Mitglieder seiner Familie, König Karl VI. und seine Frau Isabella, dessen Bruder Ludwig von Orléans und Valentina Visconti, seine Gemahlin, der Thronfolger Ludwig von Frankreich, der König von Navarra und der Herzog von Salisbury gehören zu ihren Förderern. Wir müssen uns Christine als energische, umfassend gebildete, lebhaft am Zeitgeschehen interessierte Frau vorstellen, als engagierte Pädagogin und Publizistin, als ein schriftstellerisches Multitalent, das in allen Bereichen brilliert.

Eine erfolgreiche Schriftstellerin und Verlegerin

Heute können wir kaum ermessen, was es um 1400 für eine Frau bedeutete, sich als Autorin durchzusetzen. Sicherlich profitiert sie anfangs vom Reiz des Außergewöhnlichen, der von einer schreibenden jungen Frau ausgeht, die mit anmutiger Geste den Mächtigen ihre Werke überreicht – in der Hoffnung auf Geldgeschenke und Unterstützung.

Doch allein darauf kann ihr Erfolg nicht beruht haben, auch nicht auf einer besonders günstigen Ausgangssituation. Es bedurfte neben literarischem Können, Einfallsreichtum und unbändiger Arbeitslust auch eines erheblichen Durchsetzungsvermögens, verbunden mit einem unerschütterlichen Selbstbewußtsein, um zugleich in die verschiedenen Domänen der Männer vorzudringen, wie Christine dies mit großem Geschick tut.

Von keiner realen Frau des Mittelalters besitzen wir heute so viele Abbildungen wie von ihr. Immer wieder setzt sie sich als *»Ich, Christine«* nicht nur in ihren Werken, sondern auch bildlich in Szene, oft als zierliche junge Frau in ihrer Studierstube: Umgeben von Büchern, die gespitzte Schreibfeder in der Hand, beim Studium der Bücher anderer Autoren oder bei der Abfassung eines eigenen Werks, zu ihren Füßen häufig ein kleiner Hund, das Sinnbild ehelicher Treue über den Tod hinaus.
(Vgl. S. 44)

Andere Abbildungen, die sogenannten Präsentationsbilder, zeigen Christine, wie sie vor einem der Mächtigen ihrer Zeit kniet – König Karl VI., Isabella von Bayern oder Ludwig von Orléans – und diesem jeweils eine kostbar gebundene Ausgabe ihrer Werke überreicht. (Vgl. S. 21) Auf wiederum anderen Miniaturen läßt sie sich in der Haltung der Lehrenden abbilden, vor ihr ein Jüngling oder mehrere ihr aufmerksam lauschende Männer. (Vgl. S. 55)

Häufig auch sehen wir Christine nicht als einsame Intellektuelle in ihrer Studierstube, sondern im vertrauten Gespräch mit jenen großen Frauenfiguren, die in ihrer Vorstellung äußerst lebendig sind und mit denen sie umgeht wie mit wirklichen Frauen: den drei Tugendallegorien, den *edlen Frauen Vernunft, Rechtschaffenheit und Gerechtigkeit,* die mit Christine die Stadt der Frauen errichten (vgl. S. 68/69);

mit der klugen altitalischen Göttin Minerva, die sie als ihre Landsmännin bezeichnet, die erfahren in Kriegsdingen ist und die Christine zur Seite steht, wenn es darum geht, sich als Schriftstellerin zu Fragen der Kriegsführung zu äußern (vgl. S. 108/109); und schließlich mit der weisen, uralten Sibylle von Cumae, in deren Begleitung sie, ähnlich wie Dante und Vergil in der »Göttlichen Komödie«, eine Reise in außerirdische Welten unternimmt und mit der sie Gespräche über die Zeitläufte führt.

Aber Christine de Pizan ist nicht nur Frankreichs – und wohl auch Europas – erste Berufsschriftstellerin, sondern zugleich die Ahnherrin aller Verlegerinnen. Eine große Zahl ihrer Werke hat sie selbst kopiert. Später beschäftigte sie wahrscheinlich eine Schreibwerkstatt, um ihre Handschriften herstellen zu lassen, stets aber kümmert sie sich bis ins letzte Detail um die Abschrift und Verbreitung, heute würden wir sagen: Vermarktung ihrer Bücher.

Da sie Wert auf eine erstklassige künstlerische Ausstattung legt, beauftragt sie Anastasia, die berühmteste - und teuerste - Buchmalerin von Paris mit der Ausschmückung ihrer Werke, um sie dann als Prachthandschriften ihren mächtigen Gönnern persönlich zu überreichen. Noch heute zählen diese in wunderschönen Farben bebilderten und mit Blattgold verzierten Manuskripte zum kostbarsten Besitz der Bibliotheken in aller Welt. Im Unterschied zu den Illustrationen vieler anderer mittelalterlicher Handschriften stehen in ihren Werken Texte und Bilder in einem engen Verhältnis zueinander und erhellen sich gegenseitig.

Christine überreicht ihr Buch der französischen Königin Isabella von Bayern,
London, Ms. Harley 4431, fol. 3

Die letzten Lebensjahre

Im Jahr 1418 verstummt ihre Stimme des Protestes und der Kritik. Vielleicht wird diese mutige Frau auch – ähnlich wie ihr Freund, der Theologe Jean Gerson, – daran gehindert, Mißstände anzuprangern, wie sie dies zuvor in verschiedenen politischen Schriften getan hatte. Wahrscheinlich gehört sie zu jenen Bewohnern von Paris, die sich angesichts des dort wütenden Bürgerkriegs entschließen, die Stadt für einige Jahre zu verlassen. Man vermutet, daß Christine sich in das Dominikanerinnenkloster von Saint-Louis de Poissy in der Nähe von Paris zu ihrer Tochter zurückzieht, um auf ruhigere Zeiten und den ersehnten Frieden zu warten.
Einen ihrer beiden Söhne hatte sie bereits zuvor verloren. Ihr Sohn Jean, der seit einigen Jahren als Notar und Sekretär in königlichen Diensten steht, verläßt mit seiner Frau im gleichen Jahr wie seine Mutter die Hauptstadt. Die Nachricht von seinem Tod (1425) ereilt Christine in ihrem Exil. Jean war als Dichter in die Fußstapfen seiner Mutter getreten; dessen Sohn Jean Castel wird später als Geschichtsschreiber eine gewisse Bekanntheit erlangen.
Elf Jahre später, im Juli 1429, erhebt sie ein letztes Mal ihre Stimme, um die Jungfrau von Orléans, *ein zartes sechzehnjähriges Mädchen* und Retterin Frankreichs aus großer Not, zu besingen. Ihr *Gedicht auf die Jungfrau von Orléans* ist das erste literarische Werk, das noch zu Lebzeiten der Jeanne d'Arc entstanden ist und zugleich Christines letztes literarisches Lebenszeichen. Kurze Zeit später, vermutlich um 1430, stirbt sie.

Christine überreicht ihr Buch der französischen Königin Isabella von Bayern

Die hier dargestellte Überreichungsszene spielt sich im Schlafgemach der französischen Königin Isabella von Bayern im Hôtel Saint-Paul zu Paris ab. An den Wänden hängen Wandteppiche, die abwechselnd die goldene französische Königslilie auf blauem Feld und die silbernen (heute nachgedunkelten) Bayerischen Romben auf blauem Grund zeigen. Auf dem roten Ruhebett links im Bild sitzt die Königin mit ihrem weißen Schoßhund. Isabella trägt ein kostbares, hochgegürtetes Gewand aus rotem Stoff mit goldgewirktem Muster; die weiten, bis auf den Boden herabfallenden Ärmel sind mit Hermelin gefüttert. Ihren Kopf schmückt eine aufwendige Kopfbedeckung. Vor ihr kniet Christine de Pizan und überreicht eine Auswahl ihrer Werke in Form eines dicken, in rotes Leder gebundenen und mit goldfarbenen Nägeln beschlagenen Bandes. Christine trägt – wie auf der Mehrzahl der Abbildungen – ein einfaches kobaltblaues Gewand (Surcot) mit Hängeärmeln und weißer Gorge (ein Tuch, das ihren Ausschnitt bedeckt), dazu eine weiße Hörnerhaube. Sechs Hofdamen wohnen der Überreichungsszene bei.

Christines Nachruhm

Sie selbst hatte mehrfach prophezeit, daß ihre Werke sie überleben und sogar noch lange nach ihrem Tod Leser und Leserinnen finden würden. Diese Vorhersage der eigenen Fama erfüllt sich in mehrfacher Hinsicht.

Zunächst stehen zahlreiche große Dichter und Schriftsteller des 15. und 16. Jahrhunderts in der Nachfolge Christines: Charles d'Orléans, der große Melancholiker unter Frankreichs Lyrikern, ist deutlich von ihr beeinflußt, desgleichen sein Zeitgenosse Alain Chartier. Zwei weitere Beispiele: Martin Le Franc schreibt in der Mitte des 15. Jahrhunderts mit seinem »Champion des Dames« (Der Damenstreiter, um 1440) eine gewichtige Verteidigung des weiblichen Geschlechts nach dem Vorbild von Christines *Stadt der Frauen* und erinnert mit großer Bewunderung an seine berühmte Vorgängerin. Jean und Clément Marot schließlich, zwei Dichter aus dem 16. Jahrhundert, drücken ebenfalls ihre Wertschätzung für ihre Vorgängerin, »Dame Christine«, aus. Die Reihe ihrer bewundernden Dichter-Kollegen ließe sich bis ins 20. Jahrhundert, bis hin zu Rainer Maria Rilke, fortsetzen.

Traditions- und Vermittlungslinien anderer Art ergeben sich, wenn man den Blick auf das Weiterleben ihrer Werke in den Bibliotheken europäischer adliger Frauen richtet. Zahlreiche Herrscherinnen und Adlige der folgenden Jahrhunderte – Anna von Frankreich, Margarete von Navarra, Diane de Poitiers, Margarete von Österreich und viele andere – besaßen Abschriften von Christines Werken und vererbten sie ihren Töchtern. Seit kurzem wissen wir dank Susan Groag Bell, daß es sogar große Wandteppiche gegeben hat, auf denen Szenen aus der *Stadt der Frauen* abgebildet waren und die in den Palästen von Herrscherinnen späterer Jahrhunderte hingen.

Ihre Wiederentdeckung im 20. Jahrhundert

Ein geradezu stürmisches Comeback feiert Christine in den letzten Jahrzehnten unseres Jahrhunderts mit ihrer immer noch lebendigen *Stadt der Frauen*, die in alle wichtigen modernen Sprachen übersetzt wird: Den Anfang macht 1982 Jeffrey Richards' Übersetzung ins Englische *(The Book of the City of Ladies)*, es folgt 1984 Tine Ponfoorts niederländische Übersetzung *(Het Boek van de Stad der Vrouwen).* 1986 erscheinen nahezu gleichzeitig die deutsche Übersetzung von Margarete Zimmermann *(Das Buch von der Stadt der Frauen)* und die Übertragung in die moderne französische Sprache von Eric Hicks und Thérèse Moreau *(La Cité des Dames).* Von dem unaufhaltsamen Vordringen Christines auch auf die iberische Halbinsel zeugen schließlich die Übersetzungen ins Katalanische von Mercè Otero i Vidal *(La Ciutat de les Dames*, erschienen 1990) und ins Spanische unter dem Titel *La Ciudad de las Damas* (1995), die wir Marie-José Lemarchand verdanken.

Damit schließt sich der Kreis: Christine, die bereits zu ihren Lebzeiten eine europäische Schriftstellerin von Rang war, deren Stimme überall in Europa Gehör fand, hat sich mit ihrer *Stadt der Frauen* erneut ein internationales Publikum erobert. Dabei ist es in höchstem Maße erstaunlich, wie sich ein fast sechshundert Jahre altes Buch zu einem modernen Bestseller entwickelt, der in Europa wie in Amerika ein neues, begeistertes Lesepublikum findet. Doch erschöpft sich mit diesem Buch keineswegs Christines Bedeutung. Weitere Schätze aus ihrem Werk wurden – jedenfalls im deutschen Sprachraum – bislang noch nicht gehoben, auch wenn mit Maria Stummers Übersetzung des *Epistre au Dieu d'Amours (Der Sendbrief vom Liebesgott*, 1987) und Claudia Probsts Übertragung des *Livre des Trois Vertus (Der Schatz der Stadt der Frauen*, 1996) zwei weitere Werke Christines in deutscher Sprache vorliegen.

Die vorliegende Auswahl verfolgt die Absicht, das deutschsprachige Lesepublikum umfassender und vollständiger als bisher mit Christine de Pizans Werk vertraut zu machen. Auch wenn der Titel dieser Anthologie an Christines bekanntestes Buch, *Die Stadt der Frauen*, anknüpft, so soll sie doch vor allem einen Eindruck von dem Umfang und der Aussagekraft ihres gesamten Werks vermitteln und beweisen, daß man Christines Bedeutung keineswegs gerecht wird, wenn man sie als Autorin eines einzigen ›Frauenbuchs‹ bezeichnet. Aus diesem Grunde finden sich im vorliegenden Buch zum ersten Male in deutscher Übersetzung Auszüge aus zehn anderen Werken Christines.

Ein weiteres wichtiges Anliegen dieser Auswahl war es, einen sinnlichen Eindruck von der Schönheit mittelalterlicher Handschriften zu vermitteln. Mittelalterliche Literatur ist in den seltensten Fällen jener dürre, glanzlose Text, mit dem wir es gewöhnlich in modernen Ausgaben zu tun haben, sondern ein ›Gesamtkunstwerk‹ und die Betrachtung der Originale ein sinnliches Erlebnis. Für Christines Handschriften gilt dies in ganz besonderem Maße. Deshalb sind diesem Band 21 Farbtafeln beigegeben, Reproduktionen von Miniaturen aus Christines Werken, die heute in Erlangen, London, München und Paris aufbewahrt werden. Weitere Bild- und Textschätze harren noch der Entdeckung durch Leser und Leserinnen unserer Tage.

Christine de Pizans Bedeutung läßt sich nicht zuletzt daran ermessen, daß sie bereits im 15. Jahrhundert als Frau und Intellektuelle Gehör fand und dabei über zahlreiche weltliche Themen schrieb. Sie mischte sich ein, bezog Stellung und widerlegte mit ihren scharfsinnigen Argumenten gängige Vorurteile gegenüber Frauen. Mit ihrem Beispiel gibt sie auch heute den Frauen Mut und sensibilisiert dafür, was Frauen leisten können, selbst wenn ihre Ausgangssituation nicht so privilegiert ist wie die der Franko-Italienerin Christine, jenes »Kindes zweier Welten«. Sie hatte das Glück, an einem der geistigen Zentren ihrer Zeit aufzuwachsen und zudem über eine tiefe Lebenskrise zu der ihr eigenen Bestimmung zu finden.

Wir wollen nun ihre Stimme aus dem fernen 15. Jahrhundert zu uns sprechen lassen - und dabei vielleicht entdecken, daß viele ihrer Fragen, Reflexionen und Erkenntnisse noch genau so aktuell sind wie vor sechshundert Jahren.

II. Aus den Schriften der Christine de Pizan

»ICH, CHRISTINE«

Ein Kind zweier Welten

Ich wurde als Kind vornehmer Eltern in der Stadt Venedig in Italien geboren. Mein Vater stammte aus dem wohlhabenden Bologna. Er heiratete meine ebenfalls dort geborene Mutter, weil er seit langer Zeit meinen Großvater kannte, der in der Stadt Forlì das Licht der Welt erblickt hatte und ein Gelehrter und Doktor war, der seinen Universitätsabschluß in Bologna gemacht hatte. Mein Großvater war Rat in den Diensten meiner Geburtsstadt Venedig. Dank dieser verwandtschaftlichen Beziehungen knüpfte auch mein Vater Kontakte zu den Venezianern und wurde aufgrund seiner wissenschaftlichen Kompetenz und Autorität von der Regierung der Stadt Venedig ebenfalls zum Rat der Stadt bestellt. Dort lebte er dann eine Zeit lang in großen Ehren, verdiente viel Geld und erwarb große Reichtümer.

Ich frage mich heute, ob es nicht Fortuna war, die meinen Vater dazu veranlaßte, sich zwecks Erledigung bestimmter Angelegenheiten und Besuch seiner Besitzungen erneut in das wohlhabende Bologna zu begeben. Dort jedenfalls erreichten ihn bald die Kunde und die Botschaften von zwei bedeutenden Königen gleichzeitig, die beide wegen seiner großen wissenschaftlichen Berühmtheit nach ihm schickten. Beide baten ihn darum, an ihren Hof zu kommen, und jeder versprach ihm stattliche Einkünfte und Vergünstigungen. Der eine war der höchste König der Christenheit, Karl V., genannt der Weise; der andere der König von Ungarn, den man wegen seiner großen Verdienste später den guten König von Ungarn nannte.

Da beschloß mein Vater, eines dieser Angebote anzunehmen. Er entschied sich für das prestigereichste und dafür, zum französischen König zu gehen. Ihn reizten sowohl Paris als intellektuelles Zentrum als auch die Vornehmheit des französischen Königshofs. Er hoffte, eine Zeitlang den König zu sehen, seinen Befehlen zu gehorchen und von den intellektuellen Möglichkeiten in Paris zu profitieren – und dann, nach Ablauf etwa eines Jahres, zu Frau und Familie zurückzukehren, die er auf ihrem Besitz im reichen Bologna zurückbleiben hieß.

Dies alles geschah, und er brach mit Erlaubnis der Stadt Venedig auf, gelangte nach Frankreich, wo er von dem weisen König Karl in höchsten Ehren empfangen wurde. Nachdem dieser sein Wissen und Können erkannt hatte, machte er meinen Vater zu seinem vornehmsten, hochgeschätzten und bevorzugten Ratgeber. Er wurde dem König so lieb und teuer, daß er ihm nicht erlaubte, nach Ablauf eines Jahres nach Italien zurückzukehren. Er wollte unbedingt, daß Tommaso auf Kosten des Königs Frau, Kinder und Familie nachkommen ließe, damit diese für immer mit ihm in Frankreich lebten, und versprach ihnen Besitz, Renten und Pensionen, um ihnen ein standesgemäßes Leben zu garantieren. Gleichwohl hoffte mein Vater immer noch auf eine Rückkehr, und aus diesem Grunde verzögerte er diese Entscheidung noch um weitere drei Jahre, bis ihm schließlich keine andere Wahl blieb. So kam es, daß wir von Italien nach Frankreich zogen.

Christines Vision (1405)

Geburt und frühe Kindheit

Meinem Vater war sehr daran gelegen, einen Jungen zu bekommen, einen Erben, der seine Geistesschätze hätte übernehmen können. In dieser Absicht gingen er und meine Mutter an das Werk der Zeugung. Aber er konnte sich nicht durchsetzen, denn meine Mutter, die in diesen Dingen sehr viel mehr vermochte, wollte unbedingt ein ihr ähnliches weibliches Kind, und folglich kam ich als Mädchen auf die Welt. Immerhin bewirkte meine Mutter doch so viel für meinen Vater, daß ich ihm in jeder Hinsicht, abgesehen vom Geschlecht, stark ähnelte: unsere Körper, unser Gesichtsschnitt, unser Verhalten, in allem glichen wir uns sehr.
Ich erhielt also einen weiblichen Namen und wurde von meiner Mutter mit dem heiteren Gesicht sorgfältig erzogen und zärtlich geliebt. So sehr liebte sie mich und so teuer war ich ihr, daß sie mich gleich nach meiner Geburt selbst stillte. Sanft ging sie mit mir um, und so wuchs ich dank ihrer Fürsorge heran.

Das Buch von der unbeständigen Fortuna (1400/1403)

Der versperrte Zugang zum väterlichen Schatz des Wissens

Aber da ich nun einmal als Mädchen das Licht der Welt erblickt hatte, war es nicht vorgesehen, mich von den Wissensschätzen meines Vaters profitieren zu lassen. Wenn ich dieses Erbe nicht antreten konnte, so hatte dies weniger mit Recht als mit einem alten Brauch zu tun.

Wenn das Recht regierte, so verlöre das Mädchen ebenso wenig wie der Junge. Aber ich bin sicher, daß vielerorts eher Brauchtum als Recht herrscht; aus diesem Grund konnte ich nichts lernen und versäumte es also, aus diesem reichen Schatz zu schöpfen. Deshalb mißfällt mir diese Gewohnheit, denn wie überreich hätte mich der väterliche Schatz gemacht. Aber es hilft alles nichts, es darf nicht sein wegen dieser Sitte, von der ich eben sprach – und die Gott verfluchen möge!

Und deshalb ergeht es mir wie jenen Liebenden, die sich verzehren und die vor Begehren verbrennen und denen es dennoch nicht vergönnt ist, das zu sehen oder zu hören, nach dessen Genuß sie sich so sehr sehnen. In dieser Hinsicht gleiche ich ihnen, denn ich begehre gerade das, was ich nicht besitze: jenen Schatz, den umfangreiche Bildung all denen schenkt, die nach Wissen streben.

Und obgleich mir als Frau dies alles nicht zustand, ging meine Neigung doch in diese Richtung, weil ich eben so veranlagt war und ich meinem Vater nacheifern wollte. Ich konnte also nicht umhin, winzige Teilchen, Hälmchen, Pfennige und kleine Münzen aufzulesen, die für mich von seinem gewaltigen, unermeßlichen Reichtum abfielen. Weniges nur bekam ich im Verhältnis zu meinem Heißhunger, und alles mußte ich mir irgendwie zusammenklauben. Wie bescheiden das von mir angesammelte Vermögen ist, sieht man an meinem Werk. Immerhin ist mir dieser Besitz von großem Nutzen, denn etwas anderes habe ich nicht.

Welcher Verlust auch immer mir durch die Schuld der häßlichen Fortuna zugefügt wurde, dies ist mir geblieben und wird bis an mein Lebensende mein eigen sein.

Das Buch von der unbeständigen Fortuna (1400/1403)

Christines Reise in andere Welten

In den ersten Jahren des 15. Jahrhunderts entsteht Christines visionäre Verserzählung *Der Weg des langen Lernens*, die sie dem geisteskranken französischen König Karl VI. widmet und die den Traum von einer phantastischen Reise in Begleitung der Cumäischen Sibylle zum Inhalt hat. Die folgenden vier Miniaturen aus dieser Handschrift Christines markieren besonders wichtige Stationen der Reise.

Ob und mit welchem Gewinn Karl VI. den *Weg des langen Lernens* gelesen hat, wissen wir nicht, aber Rainer Maria Rilke stellt sich in seinen »Aufzeichnungen des Malte Laurids Brigge« (1910) den lesenden, kranken König vor, der es »liebte, durch dieses von der starken Cumäa zu großen Wegen ergriffene Herz die Welt zu sehen, die damalige«.

Zugleich ist es Christines erstes großes allegorisches Gedicht. Das Wort Allegorie (griech.: *allegorein:* ›anders sagen‹) bezeichnet die Verbildlichung eines abstrakten Begriffs. Eine Möglichkeit einer solchen Verbildlichung ist die Personifikation, der wir in Christines Werken immer wieder begegnen. So treten der Autorin in ihrer *Stadt der Frauen* die *drei edlen Frauen Vernunft, Rechtschaffenheit und Gerechtigkeit* zur Seite, die Verkörperungen dieser drei Tugenden. Ähnlich verhält es sich im *Weg des langen Lernens.* Dort begegnet Christine den Mächten, die die Welt regieren – Reichtum, Rittertum, Adel und Weisheit – in Gestalt von drei Königinnen.

Der Weg des langen Lernens setzt ein mit der Darstellung der von mancherlei Sorgen bedrängten Christine, die lesend Trost sucht in der berühmten Schrift eines Philosophen. Jedoch statt Ruhe zu finden, gerät sie immer mehr ins Grübeln über eine sich in Kriegen und Zwietracht zerfleischende Menschheit.

Unter solchen Gedanken schlief ich ein,
aber schon kurze Zeit später
hatte ich eine
merkwürdige Vision.

Christine erscheint eine Frau:

Weder jung noch hübsch, sondern alt und gesetzt.
Ihr Haupt schmückte und verhüllte ein einfaches,
um den Kopf geschlungenes Tuch.
Sie trug nach altem Brauch ein weites Gewand.
Ihrem Aussehen nach schien sie stark und kräftig
und allem Anschein nach eine ehrenwerte Frau.

Die Erscheinung gibt sich als die Sibylle von Cumae und damit als eine der beiden berühmtesten der zehn weisen Sibyllen zu erkennen, jener mythischen Frauengestalten, die im Christentum eine ähnliche Stellung wie die Propheten des Alten Testaments erhalten.

Christine verdiene es, aufgrund ihrer unbändigen Wißbegierde und ihrer Freude am Bücherstudium, mitgenommen zu werden auf die große Reise *in eine andere, vollkommenere Welt, wo du sehr viel mehr als in dieser Welt wirst lernen können.*

Zugleich spielt Christine damit auf die »Göttliche Komödie« ihres berühmten Landsmannes Dante an, in der Dante in Begleitung von Vergil eine Jenseitsreise unternimmt. Christine setzt sich auf diese Weise mit Dante gleich. Freudig willigt sie in den Vorschlag der Sibylle ein, und das erste Ziel, das die beiden Frauen erreichen, ist die Hippukrene, die Quelle der Weishcit auf dem Musenberg Helikon.
Auf diese Weise wird Christines Zugang zum Reich der Dichtkunst verbildlicht.

Christine und die Sibylle am Fuße des Musenbergs

Unten rechts im Bild sind Christine und die Sibylle zu sehen. Diese verweist mit erläuternder Geste auf die Quelle, in der neun unbekleidete Frauen, die neun Musen, baden. Rechts oben das geflügelte unsterbliche Zauberpferd Pegasus. Das Bild zeigt eine felsige, von Wasserströmen durchzogene und in zarten Grün- und Blautönen gehaltene Frühlingslandschaft.

Christine und die Sibylle am Fuße des Musenbergs Helikon
Brüssel, Bibliothèque Royale, Ms. 10982, fol. 13v.

In Begleitung der Sibylle setzt Christine ihre Reise bis ans Ende der Welt fort. Sie erklimmen einen hohen Berg, und die Sibylle ruft in griechischer Sprache einen Namen. Daraufhin erscheint am Himmelsrand *eine merkwürdige, jedoch nicht häßliche Gestalt* und fragt die Sibylle, was sie wünsche.
Diese stellt Christine vor und bittet, einen weiteren Aufstieg – in den fünften Himmel – mittels einer Himmelsleiter zu ermöglichen.

Die Sibylle voran, ich hinter ihr,
von einer Sprosse zur anderen:
Auf diese Weise erklimmen wir den Himmel.
Als ich nach unten blickte,
sah ich die Erde wie ein kleines Knäuel,
so rund wie ein Kügelchen.

Christine und die Sibylle an der Himmelsleiter

Auf der zart kolorierten Miniatur ist oben eine bärtige Männergestalt zu sehen, die eine Leiter aus dem Himmel reicht und zu Christine spricht. Diese greift nach der Leiter, während die rechts vor ihr stehende Sibylle ihre Erläuterungen fortsetzt.

Christine und die Sibylle an der Himmelsleiter
Brüssel, Bibliothèque Royale, Ms. 10982, fol. 25

Christine und die Cumäische Sibylle bei der Betrachtung der Himmelskörper

Diese Miniatur dient als Illustration zu einem Kapitel, das die Überschrift trägt:
Die schönen Dinge, die Christine am Himmel erblickt. Vor einem gold-blau-hellviolett quadrierten Fond ist das Firmament mit Mond, Sonne und vielen kleinen Steinen in Form einer Scheibe mit konzentrischen Kreisen dargestellt. Sie wird gerahmt von einem Rüschenkranz.

Christine und die Sibylle, die hier als Zentralfiguren auftreten, sind in ein Lehrerin-Schülerin-Gespräch vertieft: Die Sibylle führt einen für sie typischen Zeige- und Lehrgestus aus, Christine vollzieht eine Fragegeste.

Ihr Gesicht verrät wache Aufmerksamkeit und große Wißbegierde. Gestik wie auch Körperhaltung der beiden Frauen lassen eine enge Bezogenheit aufeinander erkennen. Zugleich aber kommt in dem Zeigegestus der Sibylle zum Ausdruck, wie souverän diese über die Himmelskörper spricht (man ist versucht zu sagen: doziert) – und wie selbstverständlich sie ihr Wissen an eine jüngere, wißbegierige Frau weitergibt, an Christine, die sich selbst gern als *Tochter der Gelehrsamkeit (fille d'estude)* bezeichnet.

Diese Miniatur ist eine der schönsten Lehrerin-Schülerin-Darstellungen der frühen europäischen Buchmalerei.

Christine und die Cumäische Sibylle bei der Betrachtung der Himmelskörper
London, British Library, Ms. Harley 4431, fol. 189

Die nächste Miniatur gehört zu einer Serie von insgesamt drei Abbildungen, die den Höhepunkt des *Buchs vom langen Lernen* illustrieren: Das Streitgespräch der vier Königinnen ›Weisheit‹, ›Ritterschaft‹, ›Adel‹ und ›Reichtum‹. Sie diskutieren die politische Situation im Frankreich des frühen 15. Jahrhunderts, die durch das Fehlen von vernunftgeleitetem Handeln bestimmt ist: Der Thron der Frau Vernunft ist bezeichnenderweise verwaist.

Es folgt eine lange Diskussion über die Zeitverhältnisse, an der später auch Frau Vernunft teilnimmt. Schließlich wird Christine damit beauftragt, den Inhalt dieser Debatten den wichtigsten französischen Fürsten mitzuteilen. Damit findet die lange Reise der beiden Frauen ein Ende. Sie kehren nach Paris, in Christines Haus zurück. Christine wird schließlich von ihrer Mutter geweckt - und erwacht in ihrem eigenen Bett.

Das Streitgespräch der vier Königinnen

Im Vordergrund sind Christine und die Sibylle zu sehen, deren Hände sich in freundschaftlicher Vertrautheit berühren und die hier als kommentierende Beobachterinnen der Szene auftreten. Über den beiden breitet ein Engel ein Tuch in der blauen Farbe des Himmels aus. Oberhalb des Engels befindet sich ein leerer roter Thron, der Sitz der Frau Vernunft.

Auf den übrigen vier Baldachin-Thronen sitzen die vier Königinnen, die den Lauf der Welt bestimmen: links oben Frau Weisheit, die ein Buch auf dem Schoß hält und zu deren Füßen ein astronomisches Gerät, eine Armillarsphäre, liegt. Ihr gegenüber erblickt man die geharnischte Frau Ritterschaft.
Sie hält eine Lanze in ihrer Rechten; zu ihren Füßen befindet sich eine Burg. Unten links sitzt Frau Adel, die ein Szepter in ihrer Linken hält und zu deren Füßen ein König liegt. Rechts unten schließlich Frau Reichtum in einem kostbaren, hermelinbesetzten Gewand mit einem Hammer in der Rechten.
Zu ihren Füßen befinden sich ein Hobel und eine Säge.

Das Streitgespräch der vier Königinnen
London, British Library, MS. Harley 4431, fol. 192v.

»Allein bin ich…« – Die junge Witwe

Witwen waren im Spätmittelalter zahlreichen Schwierigkeiten ausgesetzt, vor allem wenn sie, wie Christine, nicht im Schutz eines mächtigen Familienverbandes lebten. Zudem sahen sie sich oft dem Verdacht eines zügellosen Lebenswandels ausgesetzt: Sicher nicht zufällig erfreute sich Boccaccios »Corbaccio« (um 1360), das satirisch-frauenfeindliche Porträt einer männermordenden, lüsternen Witwe, bis ins 17. Jahrhundert einer ungebrochenen Beliebtheit und gesamteuropäischen Verbreitung.

Im dritten Teil von *Christines Vision* (1405) erinnert sich Christine sehr genau an ihr Leben als junge Witwe. Zu ihren schmerzlichen Erfahrungen zählten finanzielle Sorgen, materielle Not, Bedrängnisse und Demütigungen aller Art.
Sie hinterläßt ferner eine Reihe von Gedichten – die in den Jahren 1395 bis 1399 verfaßten Witwenklagen – die zum Schönsten und Ergreifendsten gehören, was von einer Frau zu diesem Thema geschrieben wurde.
Der erste Textauszug schildert, wie sich das Leben der jungen, verwöhnten Frau nach dem Tod des Ehemanns schlagartig ändert. Der zweite Text zeigt, wie die rechtlose Witwe um ihre Existenz kämpft und dabei Demütigungen und Entbehrungen hinnehmen muß. Die sich dann anschließenden Klagegedichte vermitteln Einblicke in den Seelenzustand einer verlassenen Frau, die trauert inmitten einer auf Vergnügen und Heiterkeit gestimmten höfischen Gesellschaft.

Im Tal der Qualen

Da Frau Fortuna mich bereits ganz unten auf ihrem Rad plaziert hatte, um mich so auf das mir von ihr zugedachte Unglück vorzubereiten, konnte sie es nicht dulden, daß mir mein gütiger Mann erhalten blieb. In ihrem Auftrag raubte Herr Tod mir meinen Ehemann, gerade zu dem Zeitpunkt, als er in der Blüte seiner Jahre stand und sich anschickte, die höchste Stufe des Wissens und der weisen, umsichtigen Lebensführung zu erklimmen: Vierunddreißig Jahre zählte er in der Blüte seiner Jugend, und ich, gerade fünfundzwanzigjährig, blieb zurück mit der Last der Verantwortung für drei kleine Kinder und eine große Hausgemeinschaft.

Zu Recht erfüllte mich tiefe Bitterkeit, und ich beklagte den Verlust seiner süßen Gegenwart und des vergangenen Glücks, das gerade einmal zehn Jahre gedauert hatte. Als ich diese Flut von Qual auf mich zukommen sah, wünschte ich mir, eher zu sterben als weiterzuleben. Eingedenk der ihm gelobten ehelichen Treue und Liebe traf ich dann die klare Entscheidung, nie einen anderen Ehemann zu nehmen.

Nun hatte ich also das Tal der Qualen erreicht. Da ich in der Todesstunde nicht an der Seite meines Mannes war, der sich im Gefolge des Königs in Beauvais aufhielt und dort völlig überraschend das Opfer einer sich rasch ausbreitenden Epidemie wurde, konnte ich nichts über den genauen Stand seines Vermögens in Erfahrung bringen.

Denn leider ist es gemeinhin nicht üblich, daß Ehemänner ihre Frauen in all ihre Geschäfte einweihen. Ich weiß aus eigener Erfahrung, daß diese Regelung – die bei klugen, umsichtigen Ehefrauen völlig unsinnig ist – schlimme Folgen haben kann, und ich weiß noch sehr wohl, daß ich mir keine Klarheit über seine Vermögensverhältnisse verschaffen konnte.
Nun mußte ich auf einmal selbst Hand anlegen, ich, die Verwöhnte und Behütete, die dies alles nicht gelernt hatte. Ich wurde notgedrungen die Lenkerin des herrenlosen, heftigen Stürmen ausgesetzten Schiffes, will sagen: der verwaisten Hausgemeinschaft, die zudem in einem fremden Land lebte und deshalb des Rückhalts der Heimat entbehrte. Von allen Seiten bedrängten mich Sorgen.

Demütigungen und Geldsorgen

Streitfälle und Prozesse, das tägliche Brot der Witwen, setzten mir von allen Seiten zu. Diejenigen, die mir Geld schuldeten, übten Druck auf mich aus, um mich davon abzuhalten, meine Forderungen zu stellen. Schon bald machte man mir Schwierigkeiten, an den von meinem Mann erworbenen Grundbesitz zu kommen, und da dieser Besitz dem König übertragen wurde, sah ich mich gezwungen, Abgaben zu zahlen, obgleich ich gar nichts von diesem Besitz hatte! Vom Rechnungshof des Königs wurde ich außerdem in eine lange Auseinandersetzung mit einem erbarmungslosen Mann verwickelt, der immer noch eine hochgestellte Persönlichkeit ist, gegen den ich mich jedoch nicht durchsetzen konnte und der mir, obwohl ich im Recht war, großen Schaden zufügte.

Aber dies war bei weitem nicht die einzige Pest. Ich hatte nämlich veranlaßt, daß das Geld meiner kleinen Waisenkinder von ihren Vormunden einem als rechtschaffen geltenden Kaufmann übertragen wurde. Dieser sollte ihr bescheidenes Vermögen mehren. Als er es nun binnen eines Jahres dank guter Gewinne um die Hälfte vergrößert hatte, unterlag er den Einflüsterungen des Teufels und verbreitete die Nachricht, er sei Opfer eines Überfalls geworden. Dann suchte er das Weite. Wiederum kostete es viel Geld, ihn zu verfolgen, und ohnehin war es vergeblich.

Von meinem Äußeren und meiner Kleidung konnte man nur schwerlich auf die Last meiner Sorgen schließen; unter meinem pelzgefütterten Mantel und meinem abgeschabten, scharlachfarbenen Überwurf verspürte ich jedoch nur allzu oft Angst und zitterte sehr und verbrachte in meinem schönen, wohlgeordneten Bett viele schlaflose Nächte. Schmalhans war Küchenmeister, wie das bei einer alleinstehenden Witwe so üblich ist.

Gott allein weiß, wie sehr ich litt, wenn in meinem Hause Zwangsvollstreckungen durchgeführt wurden und mir die Schergen der Justiz mein jämmerliches Hab und Gut davontrugen. Das war an sich schon schlimm genug, aber noch mehr machte mir meine Scham zu schaffen, wenn es darum ging, mir von jemandem Geld zu leihen, um noch größerem Ungemach zu entgehen. Mit welch schamrotem Gesicht bat ich darum, selbst wenn es sich um einen guten Freund handelte, und auch heute noch leide ich unter diesem Übel.

Ach mein Gott, wenn ich daran denke, wieviele Morgen ich im königlichen Gericht vergeudet habe und wie ich dabei im Winter vor Kälte fast starb – das alles nur, um meinen Gönnern aufzulauern, sie an meine Anliegen zu erinnern und um Unterstützung zu bitten. Wie oft vernahm ich dort Beschlüsse, die mir die Tränen in die Augen trieben, und wie viele höchst befremdliche Antworten mußte ich mir anhören! Oh Gott, wie viele Belästigungen und widerliche Blicke, wie viel Spott aus dem Munde angetrunkener Männer, die selbst im Überfluß lebten, mußte ich mir dort gefallen lassen! Aus Angst, meinen Belangen zu schaden, ließ ich mir aber nichts anmerken und antwortete nicht, oder ich wandte mich an eine andere Person, oder ich tat, als hätte ich nicht verstanden.

Christines Vision (1405)

Witwenklagen

Allein bin ich

Allein bin ich, und allein will ich sein,
Allein ließ mich mein süßer Freund zurück,
Allein bin ich, ohne Gefährten und Herrn,
Allein bin ich, traurig und betrübt,
Allein bin ich, gequält von Melancholie,
Allein bin ich, verlorener als jede andere Frau,
Allein blieb ich ohne Freund zurück.

Allein bin ich, an der Tür oder am Fenster,
Allein bin ich, in einem Winkel verborgen,
Allein bin ich, um mich auszuweinen,
Allein bin ich, ob schmerzerfüllt oder ruhig,
Allein bin ich, nichts schickt sich besser für mich,
Allein bin ich, in meiner Kammer eingeschlossen,
Allein blieb ich ohne Freund zurück.

Allein bin ich allerorts und in jedem Land,
Allein bin ich, ob ich mich bewege oder
an meinem Platz verharre,
Allein bin ich mehr als jedes andere irdische Wesen,
Allein bin ich und von allen verlassen,
Allein bin ich, zutiefst erniedrigt,
Allein bin ich, oft in großer Verzweiflung,
Allein blieb ich ohne Freund zurück.

Ihr Herren, nun beginnt mein Schmerz,
Allein bin ich, in großer Düsternis,
Allein blieb ich ohne Freund zurück.

Hundert Balladen, Ballade IX (1399)

Ich singe – und verstelle mich

Ich singe – und verstelle mich,
Denn meine Augen möchten weinen.
Niemand ermißt die unendliche Qual,
Die mein armes Herz erleidet.

Ich verberge meinen Schmerz,
Weil ich nirgendwo Mitleid erfahre,
je mehr Anlaß zu Traurigkeit,
Umso seltener ist Freundschaft.

Mein Jammer und meine Trauer
lassen mich weder klagen noch aufbegehren;
Vielmehr lache ich, wenn ich weinen möchte,
Und ohne Reim und ohne Versmaß
Singe ich – und verstelle mich.

Wenig Sinn hat es,
Sich bedrückt zu zeigen:
Jene, die heiteren Herzens sind,
Finden's nur töricht.

Deshalb liegt mir nichts daran,
mein Innerstes zu entblößen,
Vielmehr – wie ich es gewohnt bin,
Um meine dumpfe Qual zu verbergen,
Singe ich – und verstelle mich.

Virelais (um 1400)

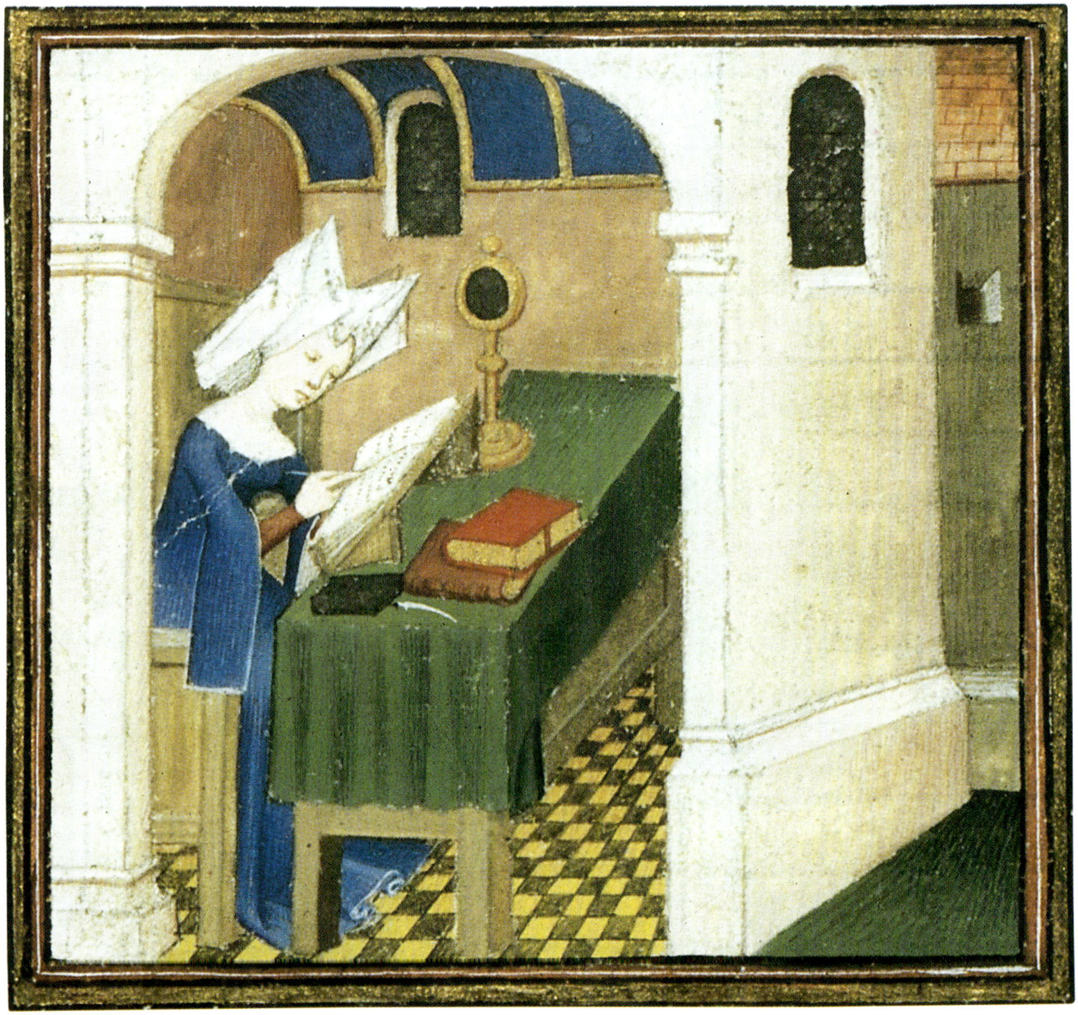

Christine in ihrer Studierstube

Paris, Bibliothèque Nationale, Ms. f.fr.603, fol. 81v.

Manche bitten mich

Manche bitten mich,
Ihnen anmutige Gedichte zu schicken,
Da ich eine begabte Dichterin sei.

Friede mit ihnen, doch vermag ich weder anmutige
Noch schöne Gedichte zu schreiben, aber dennoch:
Da sie in ihrer Güte mich baten,
Will ich mich trotz meines Unvermögens mühen,
Ihr berechtigtes Begehren zu erfüllen.

Aber eigentlich habe ich weder Lust noch Muße,
Vergnügliche oder heitere Gedichte zu schreiben,
Denn mein über die Maßen heftiger Schmerz
Erstickt jede Freude im Keim.

Doch von gewaltiger Trauer, die mich bedrückt und lähmt,
Weiß ich sehr wohl zu sprechen,
Und das will ich tun. Gern tät' ich mehr,
Um ihr berechtigtes Begehren zu erfüllen.

Und wenn jemand zu wissen begehrte, weshalb Trauer
All mein Glück zerstört, so könnte ich es leicht erklären:
Der Tod war's, der unvermittelt jenen schlug,
Dem ich mein Glück verdankte.

Der Tod brachte mich auf die Bahn der Verzweiflung,
Von da an war es vorbei mit meinem Wohlbefinden:
Da sie mich darum bitten, werde ich dies in Gedichte fassen,
Um ihr berechtigtes Begehren zu erfüllen.

Ihr Herren, übt Nachsicht, falls ich versagen sollte,
Denn ich habe die Dichtkunst nicht erlernt,
Aber viele baten mich, und so füge ich mich,
Um ihr berechtigtes Begehren zu erfüllen.

Hundert Balladen, Ballade I (1399)

Wie Christine von einer Frau in einen Mann verwandelt wurde

Rückblickend auf ihr Leben stellt Christine die Zeit des ehelichen Zusammenlebens mit Étienne du Castel als Reise auf einem *bequemen, großen und schnellen Schiff* dar, das dem Kommando des umsichtigen *Kapitäns* Étienne unterstellt war.
Doch ein Unwetter zieht auf, das Schiff gerät außer Kontrolle, und der Leichnam Étiennes wird weit aufs Meer hinausgetragen.

Im folgenden schildert Christine ihre Reaktion – und die erstaunliche Verwandlung in einen Mann, die ihr im Schlaf widerfährt. Derart symbolisch gestärkt, kann sie das Ruder ihres Lebensschiffs selbst in die Hand nehmen. Es gelingt ihr, die lähmende Depressivität und Trauer zu überwinden und ihre Not tatkräftig zu bewältigen. Es ist also eine Lektion des Mutes und der tapferen Lebensbewältigung, die Christine auf diese Weise allen Frauen in einer ähnlichen Lebenssituation vermitteln will.

Als ich erfuhr, was ich befürchtet hatte, erhob ich mich wie eine Frau, die ihren Verstand verloren hat. Mit Sicherheit hätte ich mich ins Meer gestürzt, wenn die anderen mich nicht davon abgehalten hätten. Alkyone sprang nicht schneller in die Fluten, als sie ihren über alle Maßen geliebten Keyx verlor.*

Aber ich wurde von den Meinen, die schreiend zu mir liefen, festgehalten. Mein Herz drohte stillzustehen, und die Luft erbebte von Schreien, Weinen, bitteren Trauerbekundungen, Klagerufen und Flehen um göttlichen Beistand, die ich und die Meinen ausstießen.

So lag ich da und sehnte den Tod herbei. Unser beklagenswertes Schiff wurde einmal hierhin, einmal dorthin getragen, denn jeder Wind gereichte ihm zum Verhängnis, gab es doch niemanden mehr, der es umsichtig und klug gesteuert hätte. Und schon glaubte ich, bis ans Ende aller Zeiten auf diesem Meer bleiben zu müssen, das aus Freude Trauer entstehen läßt. Aber es kam anders, und ich habe seitdem manchen Schritt auf festem Boden getan.

Kurz und gut, so gewaltig war mein Schmerz und so heftig weinte ich, daß selbst Frau Fortuna Mitleid mit meinem Unglück empfand. Als gütige Herrin wollte sie mir nun etwas Gutes tun und mir in meinem Unglück helfen – aber es war eine merkwürdige Hilfe, die sie mir da zuteil werden ließ!

Eines Tages schlief ich ein, müde und erstarrt vom langen Weinen. Da kam meine Herrin, die manch einem die Freude abschnürt, zu mir und berührte meinen gesamten Körper. Ich erinnere mich daran, wie sie jedes einzelne Glied bewegte und in ihren Händen hielt. Dann entschwand sie und ließ mich allein zurück. Auf einmal wurde unser schutzlos den Wellen des Meeres ausgesetztes Schiff mit großer Wucht gegen einen Felsen geworfen. Ich erwachte und bemerkte sofort, daß ich völlig verwandelt war! Ich spürte, wie meine Glieder viel kräftiger waren, und die Verzweiflung und Trauer, die mich zuvor beherrscht hatten, waren verschwunden. Mit großer Verwunderung berührte ich mich.

Fortuna hatte mich also nicht nur gehaßt, wenn sie mich in dieser Weise verwandelte, denn auf einmal wichen jene große Angst und Furcht, die mich zuvor völlig zerstört hatten. Ich fühlte mich sehr viel leichter als zuvor und spürte, daß mein Gesicht sich verändert und an Festigkeit gewonnen hatte, meine Stimme viel lauter, der Körper widerstandsfähiger und behender geworden waren. Indes war von meinem Finger der Ring abgefallen, den Hymenaios mir geschenkt hatte, und ich hatte allen Grund, traurig zu sein, denn ich liebte ihn sehr.*

Dann erhob ich mich ohne jede Mühe, denn nichts hielt mich mehr in jener Trägheit des Weinens, die meine Verzweiflung nur gemehrt hatte. Staunend spürte ich mein starkes und kühnes Herz – und merkte, daß ich wirklich und wahrhaftig ein Mann geworden war.

Ich erhob mich und hörte nicht auf, mich über diesen Vorfall zu wundern. Zufällig fiel mein Blick auf die völlig zerstörten Segel und Masten, denn das Unwetter hatte Taue und Mastkorb zugleich zerstört. Unser Schiff war schwer angeschlagen, und an allen Ecken und Enden drang Wasser ein, so viel, daß es schon längst gesunken wäre, hätte es nicht am Felsen Halt gefunden. Als ich erkannte, wie groß die Not war, begann ich, mit eigenen Händen zuzupacken.

Mit Nägeln, Leim und kräftigen Hammerschlägen füge ich die Planken zusammen; auf den Felsen sammele ich Moos und stopfe es in großen Mengen in die Ritzen, bis ich das Schiff halbwegs wasserdicht gemacht habe. Dann repariere ich die zerborstenen Planken, lasse das Wasser auf dem Schiffsboden abschöpfen, kurz und gut: Ich wußte mir bestens zu helfen und verstand mich auf alles, was zum Steuern eines Schiffs notwendig ist. Wenn ich dort nicht zugrunde gehen wollte, mußte ich notgedrungen einfach so handeln, um mich und die Meinen zu retten.

Nun war ich also wahrhaftig ein Mann – das ist kein Lügenmärchen – und fähig, Schiffe zu steuern. Frau Fortuna lehrte mich dieses Handwerk und befähigte mich dazu. Wie ihr hört, bin ich immer noch ein Mann, nun schon seit geschlagenen dreizehn Jahren. Aber es wäre mir dreimal lieber, eine Frau zu sein, wie damals, als ich noch mit Hymenaios sprach.
Da mich Fortuna jedoch von dort vertrieb, werde ich an diesem Ort nie mehr heimisch werden und ein Mann bleiben.

Das Buch von der unbeständigen Fortuna (1400/1403)

*Alkyone und Keyx sind ein für seine Liebe berühmtes Ehepaar aus der griechischen Mythologie. Keyx ertrinkt im Meer, und Alkyone überwältigt der Schmerz, als sie am Strand den Leichnam des geliebten Mannes findet. Die Götter erbarmen sich ihrer und verwandeln beide zum Trost in Eisvögel.

*Hymenaios oder Hymen: griechischer Hochzeitsgott

Das Schloß der Fortuna

Die Miniatur stammt aus dem *Buch von der unbeständigen Fortuna.* Dort beschreibt Christine den Aufenthaltsort der launischen Fortuna und ihrer Anhänger folgendermaßen:

Es gibt einen Ort oberhalb des Meeres,
den man »Große Gefahr« nennt.
Dort befindet sich ein steiler,
schneeweißer Felsen.
Auf ihm sitzt ein hohes, quadratisches Schloß
und ist dort auf merkwürdige Art –
man ist versucht zu sagen: durch Zauberkunst – befestigt,
denn der Platz wird von vier Ketten festgehalten,
von denen man nicht erkennen kann,
ob sie irgendwo befestigt sind oder nicht.
Unaufhörlich, als wenn es auf einem sich drehenden Rad säße,
dreht sich das Dach, niemals gibt es Ruhe,
niemals gibt es festen Grund unter den Füßen –
ein Narr, wer sich diesem Ort anvertraut!

Drei Personen lassen sich als Bewohner des Schlosses der Fortuna erkennen: Vor der goldgeschmückten Fassade sitzt Frau Reichtum. Sie trägt eine Krone, ein Szepter, ein rotes Gewand und einen goldverzierten, hermelingefütterten Mantel. Neben ihr steht der grüngewandete Herr Glück. Sein Haupt ziert eine Blumenkrone, eine weitere Blumenkrone hält er in der rechten Hand. Im Eingang rechts ist die ebenfalls gekrönte Frau Hoffnung zu sehen, die ein rosenfarbenes Gewand trägt.

Das Schloß der Fortuna

München, Bayerische Staatsbibliothek, Cod. Gall. 11, fol. 13

Trost aus dem Munde von Frau Philosophie

Nachdem sich Christine in einem Zwiegespräch mit Frau Philosophie bitter darüber beklagt hat, wie sehr ihr Leben durch das Einwirken der launischen Fortuna aus der Bahn geworfen wurde, hält ihr *Dame Philosophie* vor, sie könne sich eigentlich nicht beklagen: schließlich verfüge sie über drei kostbare Gaben und außerdem habe sie doch gerade durch das erlebte Unglück zu ihrer eigentlichen Bestimmung gefunden.
Im folgenden ein Auszug aus dieser Trostrede der Frau Philosophie.

Wenn du wirklich einmal nachdenkst und das Für und Wider abwägst, wirst du erkennen, daß das, was du erlebt hast und was du einem widrigen Schicksal zuschreibst, dir im Grunde genutzt hat. Mehr noch: Dies alles geschah zu deinem Wohl und trug dazu bei, dich deinen Platz auf dieser Welt finden zu lassen.

Ich habe den Eindruck, ihr Menschen schätzt vor allem drei Gaben als Quelle eurer Freude und eures Ansehens. Ohne sie oder Teile von ihnen, so vermute ich, gibt es kein Glück für das menschliche Herz. Wem diese Gaben fehlen, der würde alle Reichtümer verschenken, nur um in ihren Besitz zu gelangen. Zwei dieser Gaben liegen außerhalb, die dritte innerhalb des menschlichen Wollens.

Die erste besteht darin, von edlen Eltern geboren zu sein, wobei der Adel seinen Ursprung in den Tugenden hat. Die zweite: einen wohlgeformten, ansehnlichen Körper und eine glückliche Veranlagung zu haben, gesund und nicht kränkelnd sowie ein vernünftiger, kluger Mensch zu sein. Die dritte und keineswegs geringste Freude besteht darin, schöne und liebenswerte Kinder zu besitzen, die verständig, wohlerzogen und gottesfürchtig sind.

Merkst du nun, oh Frau, wie undankbar du bist? Mangelt es dir etwa an diesen wunderbaren Gaben und an vielen anderen, die Gott dir schenkte? Es scheint, du vergißt dies alles, wenn du dich als so unglücklich bezeichnest.

Und wenn du dich darüber beklagst, daß dir der Tod deinen Ehemann in der Blüte seiner Jahre raubte, so sage ich dir: Gott fügte dir kein Unrecht zu, als Er seinen Diener wieder zu sich nahm, um ihn zu erhöhen. Und es gefiel Ihm, dich im Tal der Qualen auszusetzen, um deine Geduld auf die Probe zu stellen und deine Tugend zu vervollkommnen.

Was dich angeht, so steht eines fest: Lebte dein Ehemann noch, dann hättest du dich zweifellos nicht in so hohem Maße wie jetzt deinen Studien widmen können, denn die Beschäftigung mit Haushaltsdingen hätte dies verhindert. Du kannst dich also beim besten Willen nicht als eine unglückliche Frau bezeichnen, verfügst du doch neben den anderen Gaben noch zusätzlich über eine, deren Besitz dich in höchstem Maße entzückt: über die süße Lust des Wissens und Lernens.

Christines Vision (1405)

Minerva unterrichtet eine Gruppe von fünf gelehrten Männern

Die altitalische Göttin Minerva, die später mit der griechischen Göttin Pallas Athene gleichgesetzt wird, ist neben der Cumäischen Sibylle die wichtigste Identifikationsfigur für Christine. Wie hier eine Frau als Lehrende in einem Universitätsmilieu vor einem männlichen Publikum gezeigt wird, so läßt sich auch Christine gern in der Rolle der die Männer belehrenden oder mit ihnen debattierenden Frau darstellen. Dies war ein im Mittelalter äußerst ungewöhnlicher Bildtypus.

Die Grisaille aus der Erlanger Handschrift, die um 1455 entstanden ist, zeigt die erhöht sitzende und als Nonne gekleidete Minerva. Ihre linke Hand verweist auf ein aufgeschlagenes Buch, das auf einem drehbaren Pult liegt, die rechte auf die ihr aufmerksam lauschenden Männer.

Minerva unterrichtet eine Gruppe von fünf gelehrten Männern
Epistre Othea, Erlangen, Universitätsbibliothek, Ms. 2361, fol. 24 v.

Von der süßen Lust des Lernens und Wissens

Für Christine bedeutet die Lebenskrise folglich nicht nur den Verlust von Schutz, Sicherheit und ehelichem Glück, sondern zugleich die notwendige Voraussetzung dafür, den eigenen Weg zu finden und ihre Bestimmung zur Schriftstellerin zu erkennen.

Sie ist die erste Frau, die von der *süßen Lust des Lernens und Wissens* spricht und die das Studium der Bücher als einen geradezu lustvollen Prozeß darstellt, in dessen Verlauf sie ihren unbändigen Wissenshunger endlich stillen darf.

Dieses Thema findet sich auch in zahlreichen Miniaturen ihrer Handschriften: Hier läßt sich Christine immer wieder als lesende, schreibende, debattierende Intellektuelle in ihrer Studierstube malen und besetzt damit einen Bildtypus, der bislang männlichen Gelehrten vorbehalten war.

Zu jener Zeit, als mir mein Lebensalter ein gewisses Maß an Erkenntnis ermöglichte, richtete ich meinen Blick zurück auf Ereignisse der Vergangenheit, dann nach vorn auf den Endpunkt aller Dinge. Mein Verhalten glich dem eines Mannes, der nach einer gefährlichen Wegstrecke verwundert zurückblickt und sich vornimmt, derartige Situationen fortan zu meiden und seinen Anstrengungen in Zukunft ein würdigeres Ziel zu geben.

Ich gelangte zu der Einsicht, daß die Welt voller gefährlicher Fallstricke sei und es in ihr nur ein sinnvolles Ziel geben könne: die Wahrheitssuche. Deshalb beschritt ich also den Weg, den mir Natur und Veranlagung wiesen: den des leidenschaftlichen Lernens und Studierens. Daraufhin verschloß ich meine Pforten, will sagen: meine Sinne, um mich abzuschotten gegen die Verlockungen der Außenwelt. Ich griff nach schönen, gewichtigen Büchern und sagte mir, ich würde das in der Vergangenheit Versäumte schon noch nachholen.

Allerdings war ich nicht so vermessen, gleich mit den schwierigsten Wissenschaften, deren Begriffe ich nicht verstanden hätte, zu beginnen, denn wie sagt doch Cato: »Lesen, ohne zu verstehen, was man liest, ist völlig sinnlos.«

Wie man ein Kind zunächst das Abc erlernen läßt, so habe ich mit der Frühgeschichte der Menschheit begonnen: mit der Geschichte der Juden, der Assyrer und den Ursprüngen der Weltreiche. Von dem einen schritt ich zum anderen, und mit Hilfe französischer, englischer und einiger anderer Geschichtsschreiber ging ich bis zu den Römern zurück. Danach erarbeitete ich mir wissenschaftliche Grundlagen, soweit mir dies in der mir zur Verfügung stehenden Zeit möglich war.

Christines Vision (1405)

Christine im Saal der Fortuna

In dem *Buch von der unbeständigen Fortuna* heißt es zu dieser Szene:

*Dieser Saal ist an allen Seiten in kostbarem
Gold und Azurblau bemalt.
Dort sind die Heldentaten der
großen Fürsten aufgeschrieben,
die Eroberungen aller Länder,
deren sie sich mit Hilfe von
Frau Fortuna bemächtigten.
Zunächst erhöhte Fortuna sie,
um dann, wenn es ihr gefiel,
einige von ihnen wieder zu stürzen.*

Christine steht in einem sich nach hinten öffnenden Saal mit roter, tonnengewölbter Decke, dessen Wände rechts und links mit vier verschiedenen Bildfolgen versehen sind. Unter diesen befindet sich je eine Banderole mit Erläuterungen. Eine hölzerne Sitzbank rechts ist das einzige Mobiliar.
Das Bild wird durch einen zierlichen weißen Pfeiler in zwei Hälften getrennt und zeigt die Autorin vertieft in die Betrachtung der Wandbilder, die wahrscheinlich mythologische, vielleicht auch biblische Szenen zum Inhalt haben.

Christine im Saal der Fortuna
Bayerische Staatsbibliothek, Cod. Gall. 11, fol. 53

Die Geburt der Bücher

In diesem Text aus dem Jahre 1405 beschreibt Christine rückblickend, wie sie mittels Bücherstudium und der Nachahmung vorbildlicher Autoren selbst zur Schriftstellerin wurde. Äußerst selbstbewußt hält sie dann Rückblick auf die große Zahl der von ihr zu diesem Zeitpunkt bereits veröffentlichten Werke – und bedient sich eines sehr weiblichen Bildes, um ihre Freude im Augenblick der Fertigstellung eines Buches in Worte zu fassen: Sie vergleicht dieses Glücksgefühl mit dem einer Mutter bei der Geburt ihres Kindes, die beim Anblick des Neugeborenen all ihre Schmerzen vergißt.

Dann bemächtigte ich mich der Bücher der Dichter. Da ich immer mehr Fortschritte machte, freute ich mich, als ich den mir gemäßen Stil gefunden hatte. Ich ergötzte mich an ihrer feinsinnigen Kunst des Verhüllens und an den erhabenen Gegenständen, die sich hinter anmutigen und lehrreichen Geschichten verbargen, an dem eleganten Stil ihrer rhetorisch ausgeschmückten Poesie und Prosa, an ihrer kunstvollen und mit eigentümlichen Spruchweisheiten angereicherten Ausdrucksweise: All dies entzückte mich. Angesichts dieser Fortschritte in der Wissenschaft der Dichtkunst freute sich Frau Natur an mir und sprach:

»Freue dich, meine Tochter, denn die Sehnsucht, die ich dir eingab, kennt nun ihr wahres Ziel, und du vermagst sie zu stillen, indem du Tag für Tag dein Studium fortsetzt und immer tiefer in den Sinn der Sentenzen anderer Dichter eindringst. Doch damit gebe ich mich nicht zufrieden.«

Sie verlangte vielmehr von mir, daß aus der Verschmelzung von Wissen und Erfahrung eine neuartige Form von Dichtung entstünde. Deshalb forderte sie mich auf:

»Nimm deine Werkzeuge und bearbeite auf dem Amboß das Material, das ich dir reiche und das von so dauerhafter Beschaffenheit ist, daß weder Schwert noch Feuer ihm etwas anhaben können. Aus diesem Grundstoff sollst du Dinge von großer Schönheit schmieden.

In jenen Jahren, als du noch deine Kinder austrugst, verspürtest du bei ihrer Geburt große Schmerzen. Jetzt will ich, daß du neue Werke zur Welt bringst, die in den kommenden Jahren und bis ans Ende aller Zeiten bei den Fürsten die Erinnerung an dich erhalten und das Licht deines Ruhms allerorts hell leuchten lassen. Diese Werke wirst du, trotz aller Mühsal und Qual, in Heiterkeit und Freude, aus der Kraft deines Gedächtnisses erschaffen.
Und genau wie eine Frau, die ein Kind auf die Welt bringt, in dem Augenblick, wenn sie den Schrei ihres neugeborenen Kindes vernimmt, all ihre Schmerzen vergißt, ebenso wird es dir ergehen, wenn du zum ersten Male die Stimme deiner Bücher vernimmst.«

Daraufhin begann ich, zunächst anmutige poetische Gebilde zu ersinnen, und diese waren in meinen Anfängen ohne allzuviel Tiefgang. Dann aber erging es mir wie dem Handwerker, der mit der Zeit immer kompliziertere Dinge herstellt: In ähnlicher Weise bemächtigte sich mein Verstand immer außergewöhnlicherer Gegenstände; mein Stil wurde eleganter, meine Themen gewichtiger.

Von meinen Anfängen im Jahre 1399 bis ins heutige Jahr 1405, das noch keineswegs den Endpunkt meines Schaffens bezeichnet, habe ich fünfzehn umfangreiche Bücher verfaßt (nicht mitgezählt wurden hierbei andere, kürzere Texte, die rund siebzig großformatige Hefte füllen und die für jedermann sichtbar vorliegen). Besonderes Lob verdiene ich deshalb nicht, denn diese Werke sind weit davon entfernt, vollkommen zu sein.

Gott weiß, daß ich dies alles nicht aus Eitelkeit erzähle, sondern daß es mir lediglich darum geht, den Bericht meiner guten und schlechten Erfahrungen fortzusetzen.

Christines Vision (1405)

Der Reiz des Neuen – Eine Frau schreibt Bücher

Obwohl es im Mittelalter für eine Frau äußerst schwierig war, sich als Autorin durchzusetzen und Anerkennung zu finden, so ging von der jungen, zudem attraktiven Dichterin Christine auch der Reiz des Ungewohnten und Ungewöhnlichen aus, der zumindest anfangs zum Erfolg ihrer Schriften und zu deren Verbreitung in ganz Europa beigetragen haben dürfte.

Da die Nachricht von meiner auf Wissenserwerb ausgerichteten Lebensweise bis in die Kreise des Hochadels vorgedrungen war – so sehr ich auch versucht hatte, dies geheimzuhalten –, überreichte ich meine Bücher zu verschiedenen Themen als etwas unerhört Neues (so bescheiden und gering diese Werke im einzelnen auch sein mochten).

Mit großem Gefallen, äußerst wohlwollend und gnädig, sah man sich meine Bücher an und nahm sie freudig in Empfang. Ich bin allerdings der Meinung, daß dies vor allem deshalb geschah, weil es so ungewöhnlich war, daß eine Frau Bücher schrieb – so etwas hatte es schon lange nicht mehr gegeben – und weniger deshalb, weil diese Schriften so viel wert gewesen wären. Auf diese Weise wurden meine Bücher sehr schnell verbreitet und in verschiedene Orte und Länder gebracht.

Meine Bücher hatten mich also schon berühmt gemacht. Manchem fremdländischen Fürsten waren sie nicht von mir selbst, sondern durch andere zugeschickt worden, als etwas völlig Neues, da sie von einer Frau verfaßt waren. Denn wie heißt es im Sprichwort: »Das Neue ist immer reizvoll.« Ich erzähle dies alles nicht, um mich damit zu brüsten, denn das wäre wirklich unpassend.

Nun hatte sich meine Lebensweise völlig verändert, was jedoch nicht bedeutete, daß damit meine Pechsträhne abgerissen wäre. Es war so, als wenn es Fortuna bekümmert hätte, das Glück und die Zufriedenheit mitanzusehen, die mir aus meiner zurückgezogenen und den Dingen des Geistes gewidmeten Lebensform erwuchsen. Sie fuhr also fort mit ihrer Boshaftigkeit, die sich nicht mehr auf mich allein erstreckte, sondern gegen meinen Willen auf die mir nächsten Menschen.

Etwa zu derselben Zeit wurde die Tochter des französischen Königs mit dem König Richard von England verheiratet. Aus diesem Grunde reiste ein edler Herzog namens Salisbury an. Und da dieser liebenswürdige Ritter die Dichtkunst liebte und selbst ein begabter Dichter war, ließ er mich – nachdem er meine Gedichte gesehen hatte – durch mehrere Angehörige des Adels bitten, ihm meinen ältesten Sohn anzuvertrauen, ein verständiges und mit einer schönen Stimme versehenes Kind von zwölf Jahren, und diesen Sohn mit ihm nach England reisen zu lassen, da er selbst einen Sohn gleichen Alters besitze. Die mir gemachten Versprechungen dieses Herzogs, der sich so großmütig meinem Kind zuwandte und für die Zukunft sogar noch mehr versprach – und da ihm dies zu Gebote stand, hätte er es sicher auch getan –, erwiesen sich als verläßlich.

Indes wollte die Unglück bringende Fortuna, die mir noch manches andere Leid zugefügt hat, diese glückliche Entwicklung nicht länger dauern lassen. Deshalb schickte sie, wie jedermann weiß, in eben dieses England jene unerbittliche Pest gegen den König Richard; und aus diesem Grunde und als Dank für seine unverbrüchliche Treue zu seinem rechtmäßigen Herrscher wurde der gute Herzog von Salisbury enthauptet. So war es zunächst einmal vorbei mit dem Beginn einer gesellschaftlichen Laufbahn für meinen Sohn.

Christines Vision (1405)

GESCHICHTEN AUS DER STADT DER FRAUEN

Die Stadt der Frauen ist eine Stadt im übertragenen Sinne, ein befestigter Zufluchtsort für Frauen, errichtet aus Geschichten und Porträts berühmter, herausragender Frauen aller Zeiten. Zu Beginn dieses Buchs setzt sich Christine selbst als Lesende in Szene, der – nach der Lektüre anderer, gelehrter Werke – eine vehement frauen- und ehefeindliche Schrift in die Hände fällt und die deshalb in Depression und Selbstzweifel versinkt.

Doch Rettung naht in Gestalt dreier weiblicher Lichtgestalten, die plötzlich in Christines Studierstube erscheinen und Hilfe versprechen. Diese *hohen Frauen* sind die Verkörperung der höchsten Tugenden: Gerechtigkeit, Vernunft und Rechtschaffenheit.

In den Dialogen Christines mit jeweils einer dieser Frauengestalten werden frauenfeindliche Denkweisen und Klischees diskutiert, zuweilen auch zerfetzt, und ersetzt durch die Erinnerung an große, vorbildliche Frauen, deren Geschichten die ›Bausteine‹ für die Stadt der Frauen bilden.
In der folgenden Passage aus dem Beginn des Buchs spricht Frau Vernunft zu Christine und legt dieser das gemeinsame Vorhaben dar.

Frau Vernunft und Christine auf dem Feld der Literatur

Nun greife zur Spitzhacke deines Verstandes, grabe tief und hebe überall dort einen tiefen Graben aus, wo mein Lot es dir anzeigt.
Und mit meinen eigenen Schultern werde ich dir dann helfen, die Erde fortzutragen.

Frau Vernunft und Christine auf dem Feld der Literatur
London, British Library, Ms. Add. 20698, fol. 17

Vom Plan, die Frauenstadt zu errichten

Frau Vernunft:

So kommt dir, liebe Tochter, vor allen anderen Frauen die Ehre zu, die Stadt der Frauen zu errichten. Um diese Stadt zu gründen und zu vollenden, schöpfst du aus uns drei Frauen frisches Wasser wie aus einer klaren Quelle, und wir werden dich mit Baumaterial versorgen, das fester und dauerhafter ist als ein mit Zement versetzter Marmor. Deshalb wird deine Stadt von einzigartiger Schönheit und unverbrüchlicher Dauer in dieser Welt sein.

Aus der Geschichte weißt du, daß in weit zurückliegenden Zeiten auf Geheiß mehrerer hochherziger, freiheitsliebender Frauen das Reich der Amazonen gegründet wurde. Lange Zeit und unter der Herrschaft verschiedener Königinnen, die edle Frauen und von den anderen gewählt waren, verteidigten sie es. Diese Herrscherinnen führten ein kluges Regiment und hielten die Herrschaft mit unerbittlicher Strenge aufrecht. Aber trotz all ihrer Macht und Stärke ging dieses Königreich schließlich doch unter. So geschah es, daß heute allein der Name überlebt hat.

Du hingegen wirst mit dieser von dir zu errichtenden Stadt ein unzerstörbares Werk schaffen. Nach unser dreier Beschluß habe ich den Auftrag, den Anfang zu machen und dich mit haltbarem, reinem Mörtel zu versorgen, auf daß ein solider Grund gelegt wird. Dann wollen wir die dicken Mauern ringsum hochziehen, hoch, breit, mit gewaltigen Türmen und gut befestigten Kastellen, mit Gräben, wahren Bollwerken, so wie es sich für eine befestigte und dauerhaft gesicherte Stadt gehört.

Jetzt fang an, liebe Tochter. Laß uns, ohne länger zu zögern, hinausgehen auf das Feld der Literatur. Dort, auf einem fetten und fruchtbaren Boden, soll die Stadt der Frauen gegründet werden, dort, wo Früchte aller Art wachsen und sanfte Flüsse fließen, wo die Erde überquillt an guten Dingen aller Art.

Die Stadt der Frauen (1405)

Die Stadt der Frauen: Christine und die drei Tugenden

Die Miniatur bezieht sich auf den Beginn der *Stadt der Frauen* und vereint zwei zeitlich aufeinanderfolgende Szenen. In der linken Bildhälfte sehen wir Christine in ihrer Studierstube. Sie hat sich bei Ankunft der drei gekrönten Frauen von ihrem Stuhl erhoben – es handelt sich, von links nach rechts, um Frau Vernunft, Frau Rechtschaffenheit und Frau Gerechtigkeit – und steht hinter einem Tisch mit vier Büchern. Ihre Gestik verrät Selbstbewußtsein und Selbstbehauptung.

Die drei Tugenden sind jeweils mit einem für sie typischen symbolischen Gegenstand versehen: Frau Vernunft hält in ihrer rechten Hand einen Spiegel, das Attribut der Prudentia (Lebensklugheit), Frau Rechtschaffenheit ein Richtscheit, und Frau Gerechtigkeit umfaßt mit beiden Händen ein Maßgefäß. Die drei Tugenden schlagen Christine vor, mit ihrer Hilfe eine Stadt der Frauen zu errichten, einen Zufluchtsort vor Frauenfeinden.

Die rechte Bildhälfte, ein Arbeitsbild, zeigt, wie mit der Ausführung dieses Plans begonnen wird. Christine und Frau Vernunft arbeiten an der Errichtung einer Mauer, die die Stadt der Frauen umgeben soll. Frau Vernunft reicht Christine einen Mauerstein, und diese streicht mit einer Kelle Mörtel auf den zuletzt gesetzten Stein.

Die Stadt der Frauen: Christine und die drei Tugenden

ondon, British Library, Ms. Harley 4431, fol. 290

Ein Gespräch über weibliche Klugheit und männlichen Undank

Nun entspinnt sich ein Dialog zwischen Christine und Frau Vernunft über weibliche Klugheit und das Wohl, das der Welt durch Frauen zuteil wurde, hier belegt durch die Geschichten von Pamphila und Ceres.
Die nach diesen Geschichten angefügte Erzählung von der Königin Semiramis dient dazu, die weibliche Fähigkeit zu politischer Herrschaft zu beweisen.

Christine:

Edle Frau, ich bin voller Bewunderung für das, was Ihr über die Wohltaten berichtet habt, die dank weiblicher Klugheit der Welt zuteil geworden sind. Dabei behaupten die Männer stets, weibliche Fähigkeiten seien wertlos; deshalb sagt man gewöhnlich als Tadel, wenn von einer Torheit die Rede ist, dies sei Weiberwissen. Kurz und gut: Nach Auffassung und Rede der Männer taugen die Frauen auf dieser Welt zu nichts anderem als zum Kindergebären und Spinnen.

Antwort von Frau Vernunft:

Das beweist dir den gewaltigen Undank all derer, die so etwas behaupten. Sie gleichen jenen, die von bestimmten Gütern leben, deren Herkunft aber nicht kennen und deshalb niemandem dafür danken. Du kannst auf diese Weise in aller Deutlichkeit erkennen, wie Gott, der nichts grundlos tut, den Männern hat zeigen wollen, daß Er das weibliche Geschlecht ebensowenig verachtet wie das männliche.
Es hat Ihm gefallen, im weiblichen Gehirn so viel Klugheit anzusiedeln, und zwar nicht nur zur Aneignung der Wissenschaften, sondern ebenfalls die Fähigkeit, aus eigenem Antrieb neue Wissenschaften zu erfinden, ja, sogar Fertigkeiten von so unverzichtbarem Nutzen für die Welt.

Die Stadt der Frauen (1405)

Von Pamphila

Unter allen von Frauen ersonnenen guten, zweckmäßigen und nützlichen Tätigkeiten dürfen wir auf keinen Fall jene vergessen, die wir der edlen Griechin Pamphila verdanken. Diese Frau war höchst erfinderisch auf verschiedenen Gebieten. Sie hatte so viel Freude daran, Unbekanntes zu untersuchen und zu ergründen, daß sie die Kunst der Seidenherstellung ersann.

Denn da sie nun einmal viel beobachtete und nachdachte, betrachtete sie die seidenspinnenden Raupen auf Ästen von Bäumen in ihrer Heimat. Sie nahm die Kokons, die diese Raupen hergestellt hatten und die wunderschön aussahen, in die Hand und verknüpfte die verschiedenen Fäden miteinander. Dann probierte sie aus, ob sich dieser Faden in verschiedenen Tönen einfärben ließ, und nachdem sie dies alles erprobt und gesehen hatte, wie schön es geworden war, schickte sie sich an, Seidenstoff herzustellen und zu weben.

So ist also durch die Kunstfertigkeit jener Frau viel Schönheit und großer Nutzen auf die Welt gekommen und über alle Erdteile verbreitet worden. Denn Prunkgewänder gereichen Gott zur Ehre; und aus seidenem Stoff sind die prachtvollen Gewänder der Prälaten für den heiligen Gottesdienst gewirkt, desgleichen jene der Kaiser, Könige und Fürsten, ja, selbst jene der Bewohner eines gewissen Landes, die keine anderen Gewänder tragen, weil sie zwar keine Wolle, Seidenraupen jedoch im Überfluß haben.

Die Stadt der Frauen (1405)

Von Ceres

*Ceres, vor langer, langer Zeit Königin von Sizilien, kommt die Ehre zu, dank ihrer Klugheit die Kunst und den Brauch des Ackerbaus samt der dazugehörigen Geräte erfunden zu haben.
Sie brachte ihren Untertanen das Rechnen bei, lehrte sie, die Ochsen zu zähmen und diese daran zu gewöhnen, paarweise in das Joch gespannt zu werden. Außerdem erfand sie den Pflug und unterrichtete sie darin, mit eisernen Gerätschaften die Erde zu pflügen, zu eggen und in anderen Fertigkeiten, die dazugehören. Anschließend zeigte sie ihnen, wie man Saatgut auf diesem Boden verteilt und es dann zudeckt.*

Später, nachdem die Saat aufgegangen war und sich vermehrt hatte, lehrte sie sie, das Getreide zu mähen und mit Hilfe von Dreschflegeln die Körner herauszuschlagen. Sie brachte ihnen bei, das Korn geschickt zwischen zwei harten Steinen zu mahlen, Mühlen zu bauen sowie Mehl und Brot herzustellen. So lehrte jene vornehme Frau die Menschen, die gewohnt waren, wie Tiere von Eicheln, wildem Korn, Äpfeln und Mehlbeeren zu leben, von nun an eine passendere Nahrung zu sich zu nehmen.

Aber noch mehr tat diese große Frau. Die Menschen jener Zeit, die es gewohnt waren, hier und da im Wald und an wilden Plätzen zu leben, umherziehend wie die Tiere, ließ sie sich in großen Gruppen versammeln. Dann brachte sie ihnen bei, Städte und Dörfer zu gründen, um dort gemeinsam zu leben.

So ist es dieser edlen Frau zu verdanken, wenn das Zeitalter der Bestialität in eine menschliche, vernünftige Lebensform mündete. Die Dichter rankten um Ceres die Geschichte vom Raub ihrer Tochter durch Pluto, den Höllengott.

Die Menschen jener Zeit beteten sie an wegen der Autorität ihres Wissens sowie um der großen Wohltaten willen, die sie der Welt verschafft hatte, und nannten sie die Göttin des Getreides.

Die Stadt der Frauen (1405)

Ceres bei der Aussaat
Paris, Bibliothèque Nationale, f. fr. 606, fol. 13

Von der Königin Semiramis

Semiramis war eine außergewöhnliche Frau hinsichtlich der Kühnheit und der Stärke ihres Herzens bei ihren Taten und erfahren im Waffenhandwerk. Eines Tages geschah es, daß sie in ihrem Gemach weilte und sich von ihren Zofen das Haupthaar kämmen ließ. Da erreichte sie die Nachricht, eines ihrer Königreiche habe eine Rebellion gegen sie angezettelt. Sie sprang sofort auf und gelobte bei ihrer herrscherlichen Macht, der andere, zu diesem Zeitpunkt noch ungeflochtene Haarzopf werde so lange in diesem Zustand bleiben, bis sie diese Schmach vergolten und das Land erneut unter ihre Gewalt gebracht habe.

Sogleich ließ sie zahlreiche Mannen ihrer Gefolgschaft bewaffnen, warf sich den Rebellen entgegen und unterwarf sie mit erstaunlicher Gewalt und Kraft erneut ihrer Herrschaft. Auf diese Weise versetzte sie die Aufständischen und alle anderen Untertanen so sehr in Angst und Schrecken, daß es von da an niemand mehr wagte, eine Rebellion anzuzetteln.

Von dieser ebenso hochherzigen wie mutigen Ruhmestat zeugte lange Zeit ein gewaltiges Standbild aus Erz, das reich mit Gold verziert war und auf einem hohen Sockel in Babylon errichtet wurde. Es stellte eine Fürstin mit einem Schwert in der Hand dar. Ihr Haar war auf der einen Seite geflochten, auf der anderen nicht.

Die Stadt der Frauen (1405)

Semiramis empfängt die Botschaft von der Rebellion ihrer Untertanen

Diese unvollendet gebliebene Zeichnung aus der 1475 entstandenen flämischen Übersetzung der *Stadt der Frauen* stellt den dramatischen Augenblick dar, in dem Semiramis von der Rebellion ihrer Untertanen erfährt.

Semiramis empfängt die Botschaft von der Rebellion ihrer Untertanen
London, British Library, Ms. Add. 20698, fol. 41

VON MÄNNERN UND FRAUEN

Auch wenn Christine zuweilen beinahe unwillig betont, sie habe anderes, wichtigeres zu tun, als über die Liebe zu schreiben, so kehrt sie doch immer wieder zu diesem Thema zurück. Mit ihren frühen Gedichten steht sie zwar in der Tradition höfischer Liebeslyrik, schreibt in diese Tradition jedoch einen weiblichen Standpunkt ein.

Sie weist auf die Gefahren der außerehelichen Liebe für die Frau hin, die bei dieser Art von Liebesverhältnis – so Christine – nie gewinnen, sondern immer nur verlieren kann: Ein Ehemann, der seine Frau in einer solchen Situation ertappte, konnte sie töten oder einer beliebigen Strafe aussetzen.
Dazu die folgende Geschichte, mit der sie die Menschlichkeit und Milde von König Karl V. belegt.

Niemals im Leben wollte der König, so inständig er auch darum gebeten wurde, es zulassen, daß ein Mann seine Ehefrau wegen eines körperlichen Deliktes für alle Zeiten einmauere, um sie auf diese Weise zu ewiger Reue zu zwingen.
Mit Mühe und Not rang sich der König dazu durch, zu gestatten, daß der Ehemann sie in einem Zimmer einschlösse, wenn sie sich allzu sehr der Ausschweifung hingäbe. Auf diese Weise sollte verhindert werden, daß sie Schande über ihren Mann und die Verwandtschaft brächte.

Das Leben des weisen Königs Karl V. (1405)

Die falschzüngigen Liebhaber

Christine wird im übrigen nicht müde, die Frauen vor einer Form von Liebe zu warnen, die lediglich männlichen Interessen und Bedürfnissen diene, und vor den *faux amants*, falschzüngigen, treulosen Männern. Diese Haltung sollte aus heutiger Sicht nicht als Prüderie (miß)verstanden werden. Wir haben es vielmehr mit einer scharfsichtigen Entlarvung des höfischen Liebesdiskurses aus der Sicht einer Frau zu tun. In einem ihrer frühen Gedichte kommt dies deutlich zum Ausdruck.

Gut beraten wäre jene Frau, die sich zu hüten wüßte
Vor falschzüngigen Liebhabern:
Nichts lassen sie aus,
Um Frauen hinters Licht zu führen.
Wortstark jammern sie über die Tollwut der Verliebtheit,
Die sie stärker umklammere als der Käfig das Vögelchen.
Und sie behaupten, nur deshalb so bleich auszusehen.
Aber ich, ich weiß aus sicherer Quelle:
Wer besonders lautstark jammert, ist nicht der Kränkste.

Wenn man hört, mit welcher Leichtigkeit
Ihnen verlogene Schwüre über die Lippen gehen,
Wie sie vorgeben, unterwürfiger als ein Page zu sein,
Wie sie kommen und gehen, flanieren und äugen
Und sprechen, dabei ihre Zunge im Zaum haltend.
Um zu betrügen, dann verhält sich unklug
Jene Schöne, die ihnen Mitleid schenkt.
Denn ihrem Gesicht sieht man's sehr wohl an:
Wer besonders lautstark jammert, ist nicht der Kränkste.

Hundert Balladen, Ballade LIII (1399)

Frau Venus und ihre Gefolgschaft

Die Miniatur zeigt die im Himmel thronende, nach höfischer Mode kostbar gekleidete Frau Venus, die in ihrem Schoß sieben Herzen hält.
Zu ihren Füßen befindet sich eine modisch gekleidete Gruppe von vier Frauen und fünf Männern. Sie wird durch eine weibliche Zentralfigur, die eine gewisse Ähnlichkeit mit Christine besitzt, in zwei Vierergruppen aufgeteilt. Alle huldigen der Liebesgöttin, strecken ihr ein Herz entgegen oder halten ein von ihr empfangenes Herz in der Hand.

Die Abbildung gehört zu den sogenannten Planetenbildern in der Epistre Othea.
Unmittelbar auf dieses Bild folgt der Merkspruch:

Venus erwähle nicht zu deiner Göttin,
Kümmere dich nicht
um ihre Verheißungen.
Ihnen nachzugehen, ist mühselig,
Nie ehrenhaft und stets gefährlich.

Frau Venus und ihre Gefolgschaft
London, British Library, Ms. Harley 4431, fol. 100r.

Betrügen oder Betrogenwerden?

Im folgenden Text setzt sich Christine – im Gespräch mit einem Anhänger des frauenfeindlichen Autors Jean de Meun – kritisch mit einem berühmten Ausspruch aus dessen Rosenroman auseinander. Dieser besagt, in Liebesdingen sei es besser, den anderen zu hintergehen, als selbst betrogen zu werden.

Und es gibt noch einen weiteren Punkt, zu dem ich mich äußern muß und über den ich mich sehr geärgert habe: und zwar, daß es gerade die Aufgabe von Frau Vernunft ist, die folgenden Worte, zudem in Form eines Sprichworts, auszusprechen. Sie sagt zu dem Liebenden, es sei »im Liebeskrieg besser zu betrügen als betrogen zu werden«. Ich bin genau der entgegengesetzten Auffassung: Es ist weitaus besser, betrogen zu werden als zu betrügen.

Meinst du denn, ich hielte es für das größte Unglück, wenn sich ein junger Mann verliebte? Keineswegs: Ich meine nur, er soll seine Liebe nicht wegwerfen, Ehre und Verstand teilhaben lassen: Die, die lieben wollen, müssen gut abwägen, auf wen sie all ihr Denken richten, denn darin liegt meiner Meinung nach die Gefahr.

Meinst du etwa, ich glaubte, alle Liebenden der Gegenwart und Vergangenheit hätten ihre einzige Glückseligkeit darin gefunden, mit ihren Herzensdamen zu schlafen? Keineswegs. Ich glaube vielmehr, daß viele zwar eine vollkommene und treue Liebe erlebt, aber nie mit der Geliebten geschlafen haben, und daß sie weder betrogen haben noch selbst betrogen wurden – und es war diese Liebe, die sie zu rechtschaffenen und ehrbaren Menschen machte, und dies in einem so hohen Maße, daß sie bis ins Alter Gott dafür dankten, verliebt gewesen zu sein.

Ich habe einen einzigen Sohn, aber ich zöge es vor, ihn als vollkommen Liebenden zu sehen – wobei ich hoffe, Gott wird ihn so intelligent machen, wie vernunftbegabte Menschen es zu sein pflegen, und ihn eine kluge, ehrbare Frau aus gutem Hause lieben lassen. Was immer er dann erleben mag: Dies ist allemal besser, als ihn in der Rolle des treulosen Liebhabers aller oder vieler verschiedener Frauen zu erleben.

Briefe gegen den Rosenroman (1401/1402)

Gefangen wie Tiere in Netzen

In einer der berühmtesten Passagen aus Jean de Meuns Rosenroman werden die Frauen als heimtückische, gefährliche Wesen bezeichnet, vor denen sich die Männer hüten und deren Gesellschaft sie lediglich zum Zwecke der Fortpflanzung suchen sollten. Auf den vielzitierten, an die Männer gerichteten Aufruf:

»Flieh, flieh, flieh,
Flieh, Knabe, vor diesem Ungeheuer,
Denn es verderbt und vergiftet
Jeden Mann, der sich ihm nähert!«

kontert Christine mit dem folgenden Aufruf an die Frauen ihrer Zeit:

Ihr Frauen, flieht, flieht die sündige Liebe,
zu der die Männer euch überreden wollen!
Denn eins ist gewiß: auch wenn das, was diese Art
der Liebe an Versuchungen birgt, euch zunächst täuschen mag –
die Dummen seid am Ende immer ihr!

Liebe Frauen, bedenkt bitte stets, wie sehr jene Männer euch einerseits der Schwäche, Leichtfertigkeit und des Wankelmuts bezichtigen – wie sehr sie aber andererseits sich aller erdenklichen, höchst merkwürdigen Mittel und Machenschaften bedienen, um euch unter gewaltigen Anstrengungen wie Tiere in Netzen zu fangen.

Flieht, flieht, ihr lieben Frauen, entzieht euch solchen Nachstellungen, denn hinter einer harmlosen Fassade verbirgt sich oft gefährliches, tödliches Gift.

Die Stadt der Frauen (1405)

Der Liebesgott im Rosenhaag

Diese goldgerahmte Miniatur aus der Pariser Sammelhandschrift *Manuscrit fond français 835* der Werke Christines hat auch nach fast sechshundert Jahren kaum etwas von ihrer Leuchtkraft und Schönheit verloren. Sie findet sich zu Beginn des *Sendbriefes vom Liebesgott* (1399) und mißt im Original 8,2 x 9 cm.

In ihrem *Sendbrief vom Liebesgott* beschreibt Christine die Klage, die die Frauen an den Liebesgott richten, weil sie sich von der Mehrzahl der Männer verleumdet und betrogen fühlen. *Edeldamen und adlige Mädchen, vornehme Frauen, Bürgerinnen und Jungfrauen* bitten Amor um Beistand. Dieser nimmt sich ihrer Sache an und verfaßt einen auf Mai 1399 datierten Sendbrief an seine Gefolgsleute, in dem eine harte Bestrafung aller Frauenfeinde gefordert wird.

Der Liebesgott Amor erscheint in Gestalt eines jungen Mannes, der in ein langes, weites, rosenfarbiges Gewand gehüllt ist. Er trägt zwei blaue, goldgetupfte Flügel, seinen Kopf schmückt ein Lorbeerkranz. Mit der linken Hand umfaßt Amor zwei riesige, speerartige Pfeile, seine Rechte zeigt mit ausgestreckten Fingern gebieterisch auf ein Blatt.

Zu seinen Füßen kniet ein junger Mann, der ein modisches hellrotes Gewand mit schwarzen Ornamenten sowie ein weißes und ein rotes Beinkleid trägt. Er präsentiert Amor ein Blatt Papier.
Den Hintergrund bilden ein Spalier mit blühenden Rosen und ein tiefblauer, zur Erde hin heller werdender Himmel mit vier kleinen weißen Vögeln.

Der Liebesgott im Rosenhaag
Paris, Bibliothèque Nationale, Ms. f. fr. 835, fol. 45

Von Lisabetta und anderen Liebenden

In der *Stadt der Frauen* widerlegt Christine die Meinung, Frauen seien leichtfertig und wankelmütig in Liebesdingen. Gegen dieses Vorurteil setzt sie eine »Galerie der starken Frauen«, Geschichten von Frauen als großen Liebenden, die an ihrer Liebe zugrunde gehen.

Eine der ergreifendsten Geschichten in diesem Zusammenhang ist jene der jungen Lisabetta, die auf Boccaccios Novellensammlung »Decamerone« (um 1350) zurückgeht und von der es zahlreiche spätere Fassungen gibt, so etwa Hans Christian Andersens Märchen »Der Rosenelf«.

Im »Decamerone« erzählt uns Boccaccio, daß in der Stadt Messina in Italien ein junges Mädchen namens Lisabetta lebte, dessen drei Brüder, geizig wie sie waren, es hinauszögerten, ihre Schwester zu verheiraten. Und da diese Brüder einen Verwalter und Gehilfen für ihre Geschäfte besaßen, der ein äußerst attraktiver und angenehmer junger Mann war und den ihr Vater schon als Kind in die Familie aufgenommen hatte, geschah es, daß jener Jüngling und Lisabetta sich ineinander verliebten, weil sie einander ständig sahen.

Eine Zeit lang konnten sie die Freuden dieser Liebe genießen. Aber schließlich kamen die Brüder ihnen auf die Schliche und befanden, dies sei eine Schande. Um den Ruf ihrer Schwester nicht zu ruinieren, hängten sie die Angelegenheit zwar nicht an die große Glocke, beschlossen jedoch, den jungen Mann zu töten. Und in der Tat nahmen sie den Jüngling, der Lorenzo hieß, eines Tages mit in eines ihrer Landhäuser. Dort angekommen, brachten sie ihn im Garten um und verscharrten ihn zwischen Bäumen. Daraufhin kehrten sie nach Messina zurück, wo sie die Nachricht verbreiteten, Lorenzo sei in ihrem Auftrag auf eine Reise in ein fernes Land geschickt worden.

Lisabetta, die den Jüngling über alles liebte, bereitete der Verlust der Gegenwart ihres Liebsten großen Kummer, und in ihrem Herzen ahnte sie Böses. Da ihre übergroße Liebe ihr keine Ruhe ließ, konnte sie nicht umhin, eines Tages bei einem ihrer Brüder nachzufragen, wohin sie Lorenzo denn geschickt hätten. Daraufhin entgegnete der Bruder ihr kalt: »Was kümmert's dich? Und wehe dir, wenn du jemals wieder von ihm sprichst!«

Da ahnte Lisabetta, daß ihre Brüder Wind von der Sache bekommen und Lorenzo umgebracht hatten. Sobald sie allein war, ließ sie ihrem entsetzlichen Kummer freien Lauf. Schlaflos und ohne Unterlaß weinend verbrachte sie die Nächte; sie verzehrte sich so sehr in der Klage um ihren Geliebten, daß sie erkrankte. In diesem Zustand bat sie ihre Brüder um die Erlaubnis, sich auf ihrem Erbgut außerhalb der Stadtmauern erholen zu dürfen, was diese ihr zugestanden.

Als Lisabetta, deren Herz ihr die ganze Geschichte erzählt hatte, allein in jenem Garten weilte, in dem Lorenzo begraben war, ließ sie ihren Blick umherschweifen und sah an einer Stelle frisch ausgehobene Erde, eben dort, wo sich der Leichnam befand. Mit der Spitzhacke, die sie bei sich trug, wühlte sie so lange in der Erde, bis sie den Körper fand. In großer Verzweiflung umfing sie den Leichnam und klagte herzzerreißend. Aus Angst, entdeckt zu werden, konnte sie dort nicht länger verweilen, und so bedeckte sie den Körper erneut mit Erde, behielt aber den Kopf ihres Liebsten, den ihre Brüder abgetrennt hatten. Nachdem sie ihn über und über mit Küssen bedeckt hatte, wickelte sie ihn in ein schönes Kopftuch und vergrub ihn in einem ihrer großen Blumentöpfe, in denen man Levkojen zieht. Sie aber pflanzte oben ein schönes, wohlriechendes Kraut namens Basilikum und kehrte dann mit ihrem Topf in die Stadt zurück.

So sehr liebte sie diesen, daß sie weder tagsüber noch des Nachts von dem Fenster wich, wo er stand, und ihn mit keiner anderen Flüssigkeit als ihren Tränen netzte. Dies alles dauerte keineswegs nur einige wenige Tage: Die Männer behaupten zwar, Frauen vergäßen im Nu – Lisabettas Trauer indes schien jeden Tag zu wachsen. Das Basilikum gedieh prächtig in seiner fetten Erde. Kurz und gut, Lisabetta trieb einen solchen Kult mit diesem Topf, daß Nachbarn sie dabei beobachteten, wie sie unaufhörlich an ihrem Fenster über diesem Topf weinte. Sie benachrichtigten ihre Brüder, die sie daraufhin bespitzelten und den unermeßlichen Kummer Lisabettas bemerkten. Sie waren sehr verwundert und stahlen ihr des Nachts den Topf, woraufhin Lisabetta am nächsten Tag, als sie ihn nicht fand, noch trauriger war. Inständig flehte sie, man möge ihn ihr wiedergeben; sie wolle im Gegenzug auf all ihren Besitz verzichten.

In ihrer Verzweiflung sprach sie: »Ich Unglückliche, unter welchem Stern gebar mich meine Mutter als Schwester derart grausamer Brüder, die mein bescheidenes Glück so sehr hassen, daß sie mir noch nicht einmal einen armseligen, für sie völlig wertlosen Basilikumtopf lassen, obgleich ich dafür auf mein gesamtes Erbe verzichten will!« Ohne Unterlaß klagte die Unglückliche, fand keine Ruhe auf ihrem Lager und erkrankte schwer. Was auch immer man ihr während ihrer Krankheit schenkte und zeigte, sie verlangte nach nichts anderem als ihrem Topf und starb schließlich qualvoll.

Ich halte diese Geschichte keineswegs für erfunden, denn später machte man aus ihrer Klage um den Basilikumtopf ein Lied, das man noch heute singt. Was soll ich dir noch sagen? Ich könnte dir weitere Geschichten von Frauen erzählen, die bei einer solchen törichten Liebe ertappt wurden.

Boccaccio berichtet von einer anderen, deren Ehemann ihr des Geliebten Herz auftischte und die daraufhin nie wieder etwas aß. Ähnlich erging es der edlen Frau Fayel, der Liebsten des Kastellans von Coucy. Die Schloßherrin von Vergy ging an ihrer übergroßen Liebe zugrunde, genau wie Isolde, die Tristan übermäßig liebte.

Es gibt also nicht den geringsten Zweifel, daß die Liebe einer willensstarken Frau unerschütterlich ist, auch wenn es natürlich flatterhafte Frauen gibt. Aber diese traurigen Geschichten und all die anderen, die ich dir erzählen könnte, dürfen auf keinen Fall die Frauen dazu veranlassen, sich auf das gefährliche, unheilvolle Meer der törichten Liebe hinauszuwagen: denn das Ende gereicht ihnen immer zu Nachteil und Schaden an Leib, Gut, Ehre und – dies ist das Schlimmste – an ihrer Seele.

Und so handeln alle diejenigen weise, die klug auf diese Art Liebe verzichten und jene Männer nicht erhören, die sich ohne Unterlaß bemühen, die Frauen zu hintergehen.

Die Stadt der Frauen (1405)

Pyramus und Thisbe: Der Liebestod der Thisbe
London, British Library, Ms. Harley 4431, fol. 112v.

Pyramus und Thisbe: Der Liebestod der Thisbe

In Anlehnung an Ovids »Metamorphosen« erzählt Christine die Geschichte des Liebespaars Pyramus und Thisbe, die sich von Kind auf lieben, von ihren Eltern jedoch an ihrer Liebe gehindert werden. Daraufhin beschließen die beiden zu fliehen und verabreden sich unter einem weiße Früchte tragenden Maulbeerbaum – an jener Quelle, wo sie bereits als Kinder zu spielen pflegten. Als erste trifft Thisbe ein, die jedoch, von einem Löwen erschreckt, in ein nahegelegenes Wäldchen flieht. Als Pyramus im Mondlicht das blutbefleckte Tuch der Thisbe erblickt, *auf dem der Löwe die Eingeweide eines gerade verschlungenen Tieres ausgespuckt hatte*, glaubt er, die Geliebte sei das Opfer wilder Tiere geworden. In seiner Verzweiflung nimmt er sich das Leben. Thisbe, die kurze Zeit später erneut am verabredeten Ort eintrifft, entdeckt den toten Geliebten und folgt ihm in den Tod. Daraufhin verfärben sich die weißen Beeren des Maulbeerbaums und nehmen eine tiefschwarze Farbe an.

Die Miniatur aus der Londoner Prachthandschrift *Harley 4431* erzählt auf ihre Weise diese dramatische Liebesgeschichte nach: Sie zeigt den lieblichen Ort außerhalb der Stadt, gekennzeichnet durch die Maulbeerbäume und einen Brunnen aus rötlichem Marmor mit wasserspeienden Tierköpfen. Im Hintergrund sieht man den Löwen bei seinem unheilvollen Tun, im Vordergrund die über dem toten Pyramus klagende Thisbe, die sich mit einem Schwert durchbohrt hat. Die beiden Liebenden tragen aufwendige, farbenprächtige Kleidung im Stil der neuen Mode um 1400.

DIE STREITBARE CHRISTINE

Christine ist eine der frühesten Verfechterinnen der Frauenbildung und nimmt damit ein Anliegen vorweg, das bis in unser Jahrhundert die Gemüter erhitzen wird.
In mittelalterlichen Erziehungsbüchern für Frauen spielt dieses Thema kaum eine Rolle; zum Teil wird die weibliche Lese- und Schreibfähigkeit sogar als verwerflich betrachtet.
In dem nun folgenden Auszug aus der *Stadt der Frauen* diskutiert Christine dieses Problem im Gespräch mit Frau Rechtschaffenheit. Hierbei schlüpft Christine in die Rolle der Fragenden und gibt in gespielter Naivität die männlichen Argumente gegen Frauenbildung wieder – Argumente, die Frau Rechtschaffenheit scharfsinnig und unter Rückgriff auf berühmte Gegenbeispiele souverän widerlegt.

Gegen die Kritiker der Frauenbildung

Daraufhin sagte ich, Christine, folgendes:
»Edle Frau, ich erkenne überdeutlich, wie viele bedeutende Wohltaten wir den Frauen verdanken; und obgleich einige schlechte Weibsbilder manche Greuel zu verantworten haben, so überwiegen doch, wie mir scheint, die Zahl der durch rechtschaffene Frauen aller Zeiten verursachten Wohltaten. Ähnliches gilt für alles, was wir den weisen, in Künsten und Wissenschaften beschlagenen Frauen, von denen zuvor die Rede war, verdanken.
Ich wundere mich deshalb sehr über die Auffassung mancher Männer, die sagen, sie seien strikt dagegen, ihre Töchter, Frauen oder weiblichen Verwandten eine Wissenschaft erlernen zu lassen, da dies der Moral schade.«
Antwort von Frau Rechtschaffenheit:
»Dies beweist dir nur, daß nicht jede Männermeinung auf Vernunft gründet und daß jene Männer im Unrecht sind. Man kann beim besten Willen nicht behaupten, der Umgang mit den Moralwissenschaften, die ja gerade Tugend lehren, schade den Sitten – vielmehr verbessern und verfeinern sie diese. Es ist also weder vorstellbar noch glaubhaft, daß jemand, dem gute Lektion und Lehre zuteil geworden sind, Schaden nehmen soll! Das ist einfach Humbug!

Hortensius Quintus, der bedeutende römische Redner und einzigartige Autor, teilte nicht im geringsten diese Meinung. Er hatte eine Tochter namens Hortensia, die er um ihrer großen Klugheit willen sehr liebte. Deshalb ließ er sie in Literatur und in Redekunst ausbilden. Boccaccio berichtet, sie habe auf diesem Gebiet so viel gelernt, daß sie ihrem Vater Hortensius nicht nur hinsichtlich ihrer Intelligenz, ihres guten Gedächtnisses und jeder Art von Beredtheit ebenbürtig war, sondern auch in ihrer klaren Aussprache und jeder Form der Sprechkunst. Im Grunde war er ihr in keiner Hinsicht überlegen.

Im Hinblick auf die zuvor erwähnten, von Frauen bewirkten Wohltaten muß das durch diese Frau und ihr Wissen bewirkte Wohl als gleichwertig betrachtet werden. Denn zur Zeit des römischen Triumvirats beschloß Hortensia, sich der Sache der Frauen anzunehmen und etwas anzupacken, wovor die Männer zurückschreckten. Es ging um Steuern, mit denen die Römerinnen und ihr Schmuck in Notzeiten belastet werden sollten. Jene Frau war so redegewandt, daß man ihr ebenso gern zuhörte wie ihrem Vater und sie siegreich aus dieser Angelegenheit hervorging.

Man braucht jedoch gar nicht immer Beispiele aus der Vergangenheit zu bemühen; denn auch in neuerer Zeit gibt es ähnliches. So war vor knapp sechzig Jahren der berühmte Jurist Giovanni Andreae aus dem reichen Bologna keineswegs der Meinung, Bildung sei schädlich, weshalb er seine schöne, gutherzige, von ihm über alles geliebte Tochter Novella die Schriften und die Gesetze studieren ließ. Sie war schließlich so beschlagen, daß der Vater ihr auftrug, an seiner Stelle die Studenten vom Katheder aus zu unterrichten, wenn er selbst aus irgendwelchen Gründen kein Kolleg halten konnte. Damit jedoch ihre Schönheit die Hörer nicht verwirrte, stellte sie sich hinter einen kleinen Vorhang. Auf diese Weise vertrat und unterstützte sie ihren Vater bei seiner Arbeit. Dieser liebte sie so sehr, daß er einer berühmten Interpretation eines Gesetzeswerkes den Namen seiner Tochter, Novella, gab.

Cornificia in ihrer Studierstube

Die Miniatur stellt die von Büchern umgebene römische Dichterin Cornificia dar, deren Geschichte Christine in der *Stadt der Frauen* erzählt. Sie sitzt in einer Haltung tiefer Nachdenklichkeit über einem aufgeschlagenen Buch. Der Blick aus dem Fenster zeigt eine heitere Sommerlandschaft, die mit der Strenge der Schwarz- und Grautöne der Klause der Cornificia und ihres Gewandes kontrastiert.

Cornificia in ihrer Studierstube
British Library, Ms. Add. 20698, fol. 70r.

Nicht alle Männer, am allerwenigsten die weisen unter ihnen, sind also der zuvor zitierten Meinung, Bildung schade den Frauen. Aber eins steht fest: Zahlreiche Männer, die selbst nicht sonderlich intelligent sind, verbreiten dies, weil sie es nicht ertrügen, wenn Frauen ihnen intellektuell überlegen wären.

Dein eigener Vater, ein großer Naturwissenschaftler und Philosoph, glaubte keineswegs, das Erlernen einer Wissenschaft gereiche einer Frau zum Schaden. Wie du weißt, freute er sich sehr, als er deine Neigung für das Studium der Literatur erkannte. Aber die weibliche Meinung deiner Mutter, die dich, wie für Frauen allgemein üblich, mit Handarbeiten beschäftigen wollte, stand dem entgegen, und so konntest du in deiner Kindheit keine weiteren Fortschritte in den Wissenschaften machen.

Wie lautet jedoch das bekannte Sprichwort: »Niemand kann eine Eigenschaft verbergen, die ihm von Natur aus eigen ist.« Deshalb vermochte deine Mutter dein Gespür für die Wissenschaft nicht so vollständig zu unterdrücken, daß du nicht zumindest, dank deiner natürlichen Veranlagung, einige Bruchstückchen aufgenommen hättest. Und ich vermute wohl zu Recht, du hältst dich deshalb nicht für minderwertig, sondern betrachtest dies als großen Gewinn; jedenfalls hast du allen Grund dazu!

Ich, Christine, entgegnete:

»Gewiß, edle Frau:
Eure Worte sind so wahr
wie das Vaterunser.«

Die Stadt der Frauen (1405)

Gegen den »Rosenroman«

Außerordentlichen Mut beweist Christine, als sie um 1400, unterstützt von dem Theologen, Prediger und Kanzler der Pariser Universität, Jean Gerson, den um 1270 entstandenen »Rosenroman« des Jean de Meun angreift. Es handelt sich um ein bei zeitgenössischen Intellektuellen, aber auch in bürgerlichen Kreisen außerordentlich beliebtes Buch.

Der Reiz dieses Textes für mittelalterliche Leser besteht in seinem ›Steinbruchcharakter‹. Der »Rosenroman« wird gelesen als eine Sammlung von Geschichten und Argumenten zu großen Fragen der Philosophie, der Moral und der Lebensführung. Zugleich ist dieser Text ein gewaltiges Vorratslager hinsichtlich frauen- und ehefeindlicher Klischees.

Hier greift Christine ein, weist auf die Bedenklichkeit dieser ›Botschaft‹ hin und erhebt Einspruch. Sie legt ihre Position in Briefen an die »Rosenroman-Freunde« dar – und appelliert an die französische Königin Isabella, ihr zur Seite zu stehen.

Ihre Kritik entzündet sich aber auch am Ende des »Rosenromans«: Die von den Lesern über mehr als 20 000 Verse hinweg mit Spannung erwartete ›Eroberung der Rose‹ entpuppt sich schließlich als die zweideutig-eindeutige Schilderung einer Entjungferung.

Christine holt zu einer heftigen Kritik gegen dieses Buch aus. Zunächst aber berichtet sie, auf welchen Boden die frauenfeindlichen Tiraden dieses Werks zuweilen fallen, und erzählt dem »Rosenroman-Freund« Pierre Col dazu eine Geschichte.

Ich will dir – da wir gerade über die vom »Rosenroman« bewirkten ›Wunder‹ sprechen – von einem anderen, keineswegs erfundenen Fall berichten. Vor kurzem habe ich von einem deiner Kollegen, einem vertrauenswürdigen Mann, die folgende Geschichte gehört: Er kannte einen Ehemann, der den »Rosenroman« als eine Art Evangelium betrachtet. Nun ist dieser Mann übermäßig eifersüchtig, und wenn diese Krankheit ihm besonders stark zusetzt, greift er zu diesem Buch, liest seiner Frau daraus vor, drischt auf sie ein und sagt:

»Du Drecksweib bist genauso, wie er es sagt, und du legt mich genau so rein, wie er es beschreibt. Dieser weise Meister Jean de Meun kannte eben alle weiblichen Schliche!« Und bei jedem Wort, das diesen Ehemann in seiner Meinung zu bestätigen scheint, versetzt er ihr ein, zwei Tritte oder Hiebe.

Deshalb meine ich, daß jedes Lob des »Rosenromans« von beklagenswerten Ehefrauen dieser Art sehr teuer bezahlt wird.

Kampf der Amazonen gegen die Griechen

Christine erzählt in verschiedenen Werken immer wieder die Geschichte des Amazonenreichs und seiner Königinnen. Auf dieser Abbildung aus der Münchner Handschrift des *Buchs von den Wechselfällen des Schicksals* (1402/03) ist zu sehen, wie das Heer der berittenen Amazonen gegen die Griechen anstürmt.
Links im Bild, auf einem gepanzerten Schimmel, die blaugewandete und Rüstung tragende blonde Amazonenkönigin Penthesilea. Sie reitet mit ausgestreckter Lanze – aber im Damensitz! – gegen Pyrrhos, den Sohn des Achill, an.

Kampf der Amazonen gegen die Griechen
Bayerische Staatsbibliothek München, Cod. Gall. 11, fol. 103v.

Sehen wir uns doch weiter in diesem Buch um: Wozu dient es, wem nutzt es, daß sein Autor so häufig und so maßlos, so heftig und so völlig zu Unrecht die Frauen zahlreicher, sehr schwerwiegender Laster bezichtigt, sie deshalb tadelt, verleumdet und bekundet, ihr Verhalten sei voll von Perversitäten jeder Art. Dies alles findet sich an so vielen Stellen, und man vernimmt es beinahe aus dem Munde aller seiner Figuren: Er kann gar nicht genug davon kriegen!

Und wenn du also meine Argumente wegen meiner beschränkten Geisteskraft so sehr verachtest (und mir vorhältst, »als Frau« zu räsonnieren), dann sei dir gesagt, daß das in meinen Augen weder ein Vorwurf noch eine Beleidigung ist:
Denn ich erfahre Trost aus der ruhmreichen Erinnerung und der beständigen Erfahrung, vermittelt durch jene Scharen herausragender Frauengestalten aus Vergangenheit und Gegenwart, die in höchstem Maße des Lobes würdig und mit allen erdenklichen Tugenden ausgestattet sind – und diesen Frauen zu gleichen, wäre mir entschieden lieber, als mit allen irdischen Reichtümern gesegnet zu sein.

Ich liebe schöne, feinsinnige Bücher und kluge Traktate; ich suche nach ihnen, spüre sie auf und lese sie dann zunächst einfach so, wie ich sie verstehe. Und wenn ich das Buch von der »Rose« nicht ausstehen kann, dann ganz einfach deshalb, weil es eine üble Lehre verbreitet, weil es unerfreulich zu lesen ist und eher zu schlechtem als zu gutem Handeln anregt.

Wie sollte man ein Buch loben, das an der Tafel von Königinnen, Fürstinnen oder anderen vortrefflichen Frauen nicht vorgelesen und diskutiert werden kann – jedenfalls nicht, ohne daß es diesen Frauen die Schamesröte ins Gesicht triebe?

Und komm mir bitte nicht mit dem Argument, das Ende dieses Buches brächte etwas völlig Neues, Unbekanntes! Da kann ich dir nur antworten, daß uns der Autor hier weiß Gott nichts Neues erzählt – denn wissen wir nicht alle, wie sich geschlechtliche Beziehungen zwischen Männern und Frauen abspielen?

Briefe gegen den Rosenroman (1400/1402)

Ratschläge für das Frauenleben

Mit ihrem unmittelbar nach der *Stadt der Frauen* entstandenen Handbuch für weibliches Leben im Mittelalter, dem Buch *Von den drei Tugenden* – auch unter dem Titel *Schatz der Stadt der Frauen* bekannt –, verfaßt Christine ein für ihre Zeit einzigartiges Werk.

Bislang waren alle Erziehungsbücher für Frauen von männlichen Autoren verfaßt worden, dabei wurden Frauen stets über ihren Bezug zum Mann – das heißt: als Jungfrauen, Ehefrauen oder Witwen definiert. Die tiefgreifende Neuerung von Christines *Schatz der Stadt der Frauen* besteht nun darin, Frauen als eigene gesellschaftliche Wesen zu betrachten und Lebensregeln für Frauen aller sozialen Schichten zu formulieren. Sie berücksichtigt insbesondere, daß viele Frauen befähigt werden müssen, auch politische Führungsaufgaben zu übernehmen, da die Männer – kriegsbedingt – häufig abwesend sind.
Christine beginnt mit den Frauen des Hochadels und beschließt ihre Ausführungen mit Ratschlägen für *Frauen von liederlichem Lebenswandel,* also für Prostituierte.

Im folgenden drei Auszüge, deren erster sich an Frauen des niederen Adels richtet, denen in Abwesenheit ihrer Männer oft die selbständige Verwaltung ihrer Güter obliegt. Christine gibt praktische Hinweise für die Bewältigung dieser Aufgabe. Adressatinnen des zweiten Textes sind in der Stadt lebende Prostituierte.
Die Autorin appelliert an das Selbstwertgefühl dieser Frauen und fordert sie auf, ihr Leben zu ändern. In der dritten Textpassage nimmt sie Modetorheiten aufs Korn und beleuchtet deren soziale und wirtschaftliche Folgen.

Die umsichtige Gutsherrin

Eine andere Lebensweise als für Baroninnen ist Frauen des niederen Adels angemessen, die auf ihren Burgen oder auf ihren Gütern fern der freien Städte leben. Da die Ritter, Knappen und Edelleute gewöhnlich umherziehen, um das Waffenhandwerk auszuüben, sollten ihre Frauen klug, durchsetzungsfähig und wohlinformiert in allen sie betreffenden Bereichen sein, denn schließlich verbringen sie die längste Zeit allein auf ihren Gütern, ohne ihre Männer, die am Hofe oder in fernen Ländern weilen. Aus diesem Grunde ist es notwendig, daß die Frauen ihre gesamte Aufmerksamkeit darauf richten, ihre Einkünfte, ihr Hab und Gut umsichtig zu verwalten und sinnvoll einzusetzen. Deshalb muß jede vernünftige Frau dieses Standes wissen, wie viel ihre Ländereien durchschnittlich pro Jahr einbringen und wie viel sie insgesamt wert sind. Außerdem sollte eine kluge Frau, die diesem Stand angehört, ihren Mann mit sanften Worten und Ermahnungen dahin bringen, gemeinsam zu überlegen und zu entscheiden, wie hoch bei Berücksichtigung ihrer Einkünfte ihre Lebenshaltungskosten angesetzt werden sollten. Keinesfalls aber sollten beide so viel ausgeben, daß sie sich am Jahresende bei ihrer Verwandtschaft oder anderen Gläubigern verschuldet haben.
Da es viele betrügerische Finanz- und Gutsverwalter gibt, muß sie auch dies berücksichtigen, um angemessene Vorkehrungen zu treffen. Deshalb ist es keine Schande, wenn sie sich mit Abrechnungen auskennt, sich oft Zahlen nennen läßt und sich zuweilen erkundigt, wie sich ihre Verwalter im Umgang mit Pächtern oder Gefolgsleuten verhalten: Ob sie letztere betrügen oder ihnen das Leben schwermachen – denn dies alles fiele auf ihren Ehemann und sie selbst zurück.
Was die Strafen angeht, mit denen arme Leute belegt werden, so sollte sie aus Liebe zu Gott eher Nachsicht denn Strenge walten lassen. Des weiteren sollte sie eine höchst umsichtige Gutsherrin sein, sich mit der Landwirtschaft auskennen; wissen, zu welcher Zeit und in welchem Monat der Acker bestellt wird, in welcher Richtung und wie tief, je nach Bodenbeschaffenheit, die Furchen zu ziehen sind, ob die Erde feucht oder trocken ist. Die Furchen sollten gerade und gleichmäßig gezogen sowie mit der für den jeweiligen Boden passenden Saat versehen sein. Falls sie in einer Gegend lebt, in der Wein angebaut wird, gilt ähnliches für alle mit dem Weinbau zusammenhängenden Arbeiten.

Der Schatz der Stadt der Frauen (1405)

Für Frauen von liederlichem Lebenswandel

Wie die Sonne auf Gerechte und Ungerechte scheint, so scheuen wir nicht davor zurück, unsere Belehrung auch auf diejenigen Frauen auszudehnen, die töricht, leichtfertig und von liederlichem Lebenswandel sind.
Öffnet die Augen der Erkenntnis, ihr unglückseligen Frauen, die ihr euch so schändlich der Sünde hingebt. Besinnt euch eines Besseren, bevor euch die Nacht überrascht und solange ihr noch das Licht des Tages zu erkennen vermögt. Wie kann eine mit Schamgefühl versehene, von Natur aus ehrbare, einfache Frau, so weit herabsinken, so viel Schmach zu ertragen und ausschließlich mit Männern zu leben, zu trinken und zu essen, die widerlicher als Schweine sind, mit Männern, die euch schlagen, herabziehen und bedrohen und in deren Gegenwart ihr euch jeden Tag tödlicher Gefahr aussetzt?

Ach, woher kommt es, daß die weibliche Bescheidenheit und Ehrbarkeit in eurem Falle zu solchen Ausschweifungen führt? In Gottes Namen, ihr Frauen, die ihr euch Christinnen nennt und diesen Namen so tief in den Schmutz zieht, erhebt und befreit euch von diesem widerlichen Unrat. Duldet es nicht länger, daß eure armen Seelen vom Schmutz sündiger Körper belastet werden.
Nehmt euch ein Beispiel an der gebenedeiten ägyptischen Maria, die ihr törichtes Leben bereute, sich bekehren ließ und die jetzt als Heilige im Paradies thront; ähnlich erging es der Heiligen Afra, die den Körper, mit dem sie gesündigt hatte, als Märtyrerin Unserem Herrn schenkte – und anderen, die gerettet wurden.

Und wenn eine von euch sich herausreden möchte mit den Worten, sie täte dies ja auch gern, aber drei Gründe hielten sie davon ab: Erstens ließen dies die schlechten Männer, mit denen sie verkehre, nicht zu; zweitens würden die anderen Menschen, die sie verabscheuten, sie abweisen und von allen Seiten Jagd auf sie machen, und deshalb könne sie, so sehr sie sich auch schäme, niemals in die Gesellschaft zurückkehren; und drittens wüßte sie nicht, wovon sie leben sollte, denn sie habe kein anderes Handwerk erlernt, dann erwidern wir ihr: All diese Gründe sind null und nichtig – und gegen alles ist ein Kraut gewachsen.

Der Schatz der Stadt der Frauen (1405)

Die drei Tugenden erscheinen in Christines Studierstube

Diese in der zweiten Hälfte des 15. Jahrhunderts entstandene Miniatur, in der leuchtende Rot- und Blautöne dominieren, zeigt Christine, hinter einem Schreibpult sitzend, in ihrem Arbeitszimmer, an einem mit vier Büchern beladenen Büchertisch. Die Haltung ihres leicht geneigten, in die rechte Hand gestützten Kopfes verrät Trauer und Verzagtheit.
Dies verweist auf den Beginn des Buchs *Von den drei Tugenden (Der Schatz der Stadt der Frauen),* wo Christine beschreibt , wie sie nach der Lektüre einer frauenfeindlichen Schrift in Melancholie und Selbstzweifel verfällt. Doch ein Lichtstrahl, der von dem oberen Fenster auf Christine fällt, hellt diese Szene auf.

Zu Christines Linken nahen die drei Tugenden Vernunft, Rechtschaffenheit und Gerechtigkeit, die gemeinsam mit Christine die Stadt der Frauen errichten werden. Im Gegensatz zu der eher streng wirkenden Verkörperung der drei Tugenden auf der Abbildung aus der Londoner Handschrift *Harley 4431* erscheinen diese drei Frauengestalten als modisch gekleidete junge Frauen von tänzerischer Anmut. Die geöffnete Tür gibt den Blick frei auf eine in zarten Blau- und Grüntönen gehaltene Felsenlandschaft.

Die drei Tugenden erscheinen in Christines Studierstube
Paris, Bibliothèque Nationale, Ms. f. fr. 1177, fol. 3v.

Über die Torheiten der Mode

Das 14. und 15. Jahrhundert ist eine Zeit der modischen Exzesse; man spricht sogar von der »modischen Revolution« des Spätmittelalters. Der Kopfputz der Frauen, die sogenannte Hörnerhaube, erreicht schwindelerregende Höhen und wird von zeitgenössischen Moralisten als Blendwerk des Teufels verdammt. Die Frauen hüllen sich mit Vorliebe in kostbare Stoffe, tragen enganliegende Gewänder mit langen, geschlitzten, zum Teil bis zum Boden reichenden Ärmeln.

Die Männer übertreffen allerdings in der Wahl aufreizender neuer Kleidung (»la nouvelle façon«) die Frauen. Sie zwängen ihre Füße in spitze Schnabelschuhe und tragen zu strumpfhosenartigen, mehrfarbigen Beinkleidern oft kurze, enganliegende Jacken, die das Gesäß betonen. Extravagante Hüte komplettieren ihre Aufmachung.

Während andere Zeitgenossen ihre Modeschelte vorwiegend an die Frauen richten, sind für Christine Männer wie Frauen den Torheiten der Mode verfallen. Sie kritisiert, daß Kleiderordnungen außer Kraft gesetzt werden, die jedem sozialen Stand die ihm gemäße Kleidung zuweisen; mokiert sich über den menschlichen Herden- und Nachahmungstrieb und weist schließlich als praktisch denkende Frau auf die wirtschaftlichen Folgen kostspieliger Modetorheiten hin. Sieht man von den Stellen ab, in denen Christine gottgewollte Standesunterschiede verteidigt, so liest sich ihre Modeschelte aus dem Jahre 1405 sehr vertraut, insbesondere da, wo sie kritisiert, daß Männer und Frauen, nur um mit der Mode zu gehen, weit über ihre Verhältnisse leben.

Es scheint angebracht, jenen Frauen, die weise leben und unsere Lehren befolgen wollen, zu ermahnen, auf Überflüssiges zu verzichten und sich vor jenen Exzessen zu hüten, wie sie manche heute an den Tag legen. Diejenigen, die sich allzu sehr an Putz und an Tand erfreuen, tun Unrecht. Denn nach den schönen alten Sitten wagten es die Herzoginnen nicht, nach den Gewändern der Königinnen zu greifen; und die Gräfinnen griffen nicht nach denen der Herzoginnen, die einfachen Edeldamen nicht nach jenen der Gräfinnen, die jüngeren Frauen nicht nach jenen der älteren.

Aber heute geht eben alles drunter und drüber, und deshalb gibt es weder für die Gewänder noch für das Zubehör irgendeine Regel. Männer wie Frauen, welchen Standes auch immer, meinen, derjenige handele besonders klug, der möglichst viel in dieser Hinsicht tut. Und wenn ein Mann oder eine Frau beobachtet, daß ein anderer mit seiner Kleidung aus dem Rahmen fällt, dann ahmen alle anderen das nach, so wie ein Schaf dem anderen folgt, und sie behaupten, man müsse es den anderen gleichtun.

Aber sie haben recht: In der Tat muß ein Narr dem anderen folgen. Wäre jedoch die Mehrzahl der Menschen maßvoller und klüger, dann folgte bei solchen Auswüchsen nicht einer dem anderen, sondern der Mann oder die Frau, die damit angefangen haben, erfreuten sich geringerer Wertschätzung und blieben allein mit ihrer Torheit. Ich weiß wirklich nicht, worin das Vergnügen dabei bestehen soll, denn es ist allein die fehlende Vernunft, die die Menschen derart in die Irre führt. Kluge Männer und Frauen schätzen um solcher Kleiderexzesse willen niemanden höher, sondern eher geringer.

Denn nichts ist lächerlicher, als bei einer Person – ganz gleich, bei welcher – solche Übertreibungen zu sehen und nur allzu gut zu wissen, daß ihr dies nicht zusteht oder sie sich das im Grunde gar nicht leisten kann. Aber wir leben heute in einer Zeit, in der man nichts anderes sieht. Wenn diese Menschen dann verarmen und es ihnen schlecht geht, so brauchen wir sie nicht zu bedauern. Denn viele, die bei maßvoller Lebensführung wirtschaftlich ein gutes Auskommen hätten, ruinieren sich mit solchem Unsinn und verarmen.

Und für viele gibt es noch größere Schmach, verursacht durch Schulden bei Schneidern, Tuchhändlern und Goldschmieden, von denen sie manchmal gerichtlich verfolgt werden und denen sie ein Gewand als Pfand überlassen müssen, um das neue zu bekommen. Und weiß Gott, man präsentiert ihnen eine gesalzene Rechnung für das, was sie mit Krediten kaufen, so daß die Ware sie schließlich doppelt so teuer kommt! Dies alles sagen wir für jene Männer und Frauen, die sich ähnlich verhalten, weil sie sich auf diese Weise über ihre Nachbarn erheben wollen.

Und ist das, was neulich ein Gewandschneider aus Paris erzählte, nicht wirklich eine große Torheit und völlig überflüssig: Er habe, so sagte er, für eine einfache Frau aus der Gegend von Orléans ein Obergewand aus fünf Pariser Ellen Tuch und Unmengen

Brüsseler Tuchs geschneidert, das zu drei Vierteln auf dem Boden schleift, und es ferner zu weiten, bis auf die Füße fallenden Ärmeln verarbeitet. Zu diesem Gewand gehört dann noch ein riesiger Kopfputz mit hohen Hörnern, ein wirklich sehr häßliches und nicht eben schmeichelhaftes Kleidungsstück.

Für denjenigen, der das Ganze durchschaut, ist eine mittlere Linie das Schönste und Kleidsamste. Dies gilt für die Französinnen, denn in anderen Ländern sind Kleidungsstile bei Männern und Frauen gewöhnlich langlebiger, sie wechseln nicht jedes Jahr und werden nicht von Jahr zu Jahr extravaganter. Außerdem dünkt es uns, Kleidungsstücke anderer Länder, und hier vor allem jene Italiens, taugten mehr, sogar hinsichtlich der Kosten. Denn obgleich diese Kleidung viel auffälliger mit Perlen, Gold und Edelsteinen versehen ist, kommt sie doch nicht so teuer, denn sie hält einfach länger und kann später zu einem anderen Gewand getragen werden.

Aber dieses so übertrieben verschwenderisch verwendete Tuch und diese Schleppen nutzen sich ab, und schon bald braucht man wieder neue. Ähnliches gilt für den Kopfschmuck: Der anmutigste ist der eigene, denn es gibt auf der Welt keinen anmutigeren Schmuck für Frauen als schönes Blondhaar. Der Apostel Paulus bezeugt dies, wenn er schreibt, das Haar sei der Schmuck der Frauen.

Der Schatz der Stadt der Frauen (1405)

Der ungetreue Jason verläßt die klagende Medea

Diese Abbildung aus der Erlanger Handschrift der *Epistre Othea*, die einen dramatischen Höhepunkt der Geschichte von Jason und Medea darstellt, zeigt zugleich Auswüchse der männlichen und weiblichen Mode in der Mitte des 15. Jahrhunderts. Jason erscheint als ein sich auf Schnabelschuhen aus dem Staube machender junger Stutzer, Medea als starre Modepuppe – und als Gefangene ihrer hochmodischen, überlangen Schleppe.

Der ungetreue Jason verläßt die klagende Medea
Erlangen, Universitätsbibliothek, Ms. 2361, fol. 75v.

Von Krieg und Frieden

Christine entwickelt sich ab 1405 mehr und mehr zu einer politischen Schriftstellerin. Sie schreibt lange Abhandlungen wie *Das Buch vom Frieden* (1413) oder äußert sich zu aktuellen tagespolitischen Fragen; so auch in dem folgenden, flugschriftartigen, zugleich sehr bewegenden Text, in dem sie die *Edlen Frankreichs* aufruft, dem selbstzerstörerischen Bürgerkrieg ein Ende zu bereiten.

Die *Klage angesichts der Schrecken des Bürgerkrieges* entstand im Jahre 1410 unter dem unmittelbaren Eindruck der auf Paris marschierenden Truppen des Herzogs von Berry und seiner Verbündeten, die den über Paris herrschenden Johann von Burgund vernichten wollten. (Vgl. S.16)

Christine schildert eindringlich die Schrecken des Krieges und die Leiden der Bevölkerung. Sie richtet einen leidenschaftlichen Appell an die Mächtigen ihrer Zeit – vor allem an den Herzog von Berry und die Königin Isabella von Bayern – und fordert sie auf, eine dauerhafte Friedenslösung zu finden.

Selbst das härteste Herz
muß jetzt Mitleid empfinden:
Denn wir leben in einer Zeit,
die dessen dringend bedarf.

Hier sitze ich in einsamer Abgeschiedenheit und mühe mich, die Tränen zurückzuhalten, die meinen Blick trüben und wie aus einem Quell mein Gesicht überströmen. Unter großer Anstrengung versuche ich, diese schmerzliche Klage niederzuschreiben. Dabei vergieße ich aus Mitgefühl angesichts des gewaltigen Unglücks bittere Tränen, die meine Schrift unleserlich zu machen drohen.

Bestürzt und schmerzerfüllt sage ich: »Wie kann das menschliche Herz es zulassen – so übel ihm Frau Fortuna im Augenblick auch mitspielen mag –, daß der Mensch zu einer grausamen, mordgierigen Bestie wird? Wo bleibt seine Vernunft, jene Eigenschaft, der er es verdankt, ein vernunftbegabtes Wesen genannt zu werden? Wie kann es angehen, daß Fortuna den Menschen so sehr zu verändern vermag und er sich in eine falsche Schlange, in einen Gegner des eigenen Geschlechts verwandelt?

Welch ein Jammer! Schließt eure Augen nicht, ihr Edlen Frankreichs! Was haben eure Untertanen euch angetan, sie, die euch wie Götter verehren und allerorts euren Ruhm mehren, sie, die ihr indes jetzt nicht wie Kinder, sondern wie Todfeinde behandelt, denn eure Zwietracht gereicht ihnen zum Verderben und verursacht ihnen Kummer und Not, Kriege und Schlachten.

Ihr edlen Fürsten, im Namen des Allmächtigen, öffnet eure Augen – und ihr werdet in Trümmern liegende Städte sehen, verwüstete Ortschaften und Schlösser sowie geschleifte Festungen. Und wo? Mitten in Frankreich! Jene so edle französische Ritterschaft, jene erlesene Jugend, die einst in vollkommener Eintracht Königtum und Gemeinwesen schützte, streitet nun in einem schmachvollen Kampf, einer gegen den anderen, Väter gegen Söhne, ein Bruder gegen den anderen, Verwandte gegen Verwandte. Todbringend sind ihre Schwerter; die Schlachtfelder des Grauens überflutet von Blut, Leichen und abgeschlagenen Gliedern! Bei Gott, das ist ein Sieg, auf den diese Sieger stolz sein können!

Und welcher Ruhm winkt als Preis für solch einen Sieg? Wird es einen lorbeerbekränzten Sieger geben? Ach, ich arme, unglückliche Frau – dieser Siegerkranz wird ein Kranz der Schmach sein, gewunden aus pechschwarzen Dornen als Zeichen dafür, daß dies nicht der Ruhm eines Siegers, sondern der eines Schlächters an seinem eigenen Fleisch und Blut ist. Schwarzgewandet möge dieser Sieger gehen, wie es sich gehört, wenn ein Blutsverwandter den Tod erlitt!

So weint, ihr französischen Frauen aller Stände, weint und ringt unter lautem Klagegeschrei die Hände, wie einst die trauernde Argeia und die Frauen von Argos!
Denn die Schwerter, die euch zu Witwen machen und euch eure Kinder und Verwandten rauben, sind längst schon geschliffen!
Und du, gekrönte Herrscherin Frankreichs, schläfst du? Was hindert dich, die Zügel wieder fest in die Hand zu nehmen und diesem Gemetzel ein Ende zu bereiten?

Klage angesichts der Schrecken des Bürgerkriegs (1410)

Christine und Minerva im Gespräch

Paris, Bibliothèque Nationale, Ms. f. fr. 603, fol. 21

Christine und Minerva im Gespräch

Dieses Doppelbild ist die Eingangsminiatur von Christines 1406 geschriebenem Leitfaden für das Kriegshandwerk: *Das Buch vom Fechten und von der Ritterschaft.* Es zeigt in der linken Bildhälfte einen Innenraum, Christines Studierstube. Die Autorin, gekleidet in einen kobaltblauen Surcot mit weißer Hörnerhaube, steht hinter ihrem Schreibtisch und befindet sich in vertrautem Gespräch mit Minerva, der Schutzgöttin des Krieges, dargestellt als blonde junge Frau. Die Abbildung vermittelt den Eindruck freundschaftlicher Vertrautheit und Verbundenheit beider Frauen.

Minerva wendet sich dem Betrachter des Bildes nahezu frontal zu und verweist mit ihrer Rechten auf die Kriegsszene des Außenraums. Sie hält eine zinnoberrote Lanze in ihrer geharnischten Linken. Die Göttin trägt einen gleichfarbigen zinnoberroten Rock und einen schwarzen Überrock mit goldenen Ornamenten.

Die rechte Bildhälfte gibt den Blick auf die bewegten Zeitverhältnisse frei: In einer Hügellandschaft vor tiefblauem Himmel reitet eine Gruppe bewaffneter Krieger in Rüstung heran. Der Eindruck von Dynamik und Dramatik wird durch die Bewegung der Pferde vorn im Bild verstärkt.

CHRISTINES VISION

Überleben und Nachruhm

Am Ende des zweiten Teils von Christines Vision spricht Frau Meinung, *Dame Opinion*, eine Prophezeiung im Hinblick auf Christines Nachruhm aus:

In künftigen Zeiten wird man mehr von dir sprechen als zu deinen Lebzeiten, denn so viel will ich dir noch verraten: Du kamst zu einer schlechten Zeit auf die Welt. Denn gegenwärtig erfreuen sich die Wissenschaften nicht der ihnen gebührenden Wertschätzung, sondern wirken unzeitgemäß.

Wie wahr dies ist, erkennst du daran, daß nur wenige um der Wissenschaften willen von Fortuna begünstigt werden. Aber nach deinem Tode wird ein starker und weiser Fürst kommen, der sich aufgrund der Kenntnis deiner Bücher wünscht, du hättest zu seiner Zeit gelebt, und der begehrt, dich mit eigenen Augen gesehen zu haben.

Christines Vision (1405)

Sehr selbstbewußt richtet sie auch am Ende von *Der Schatz der Stadt der Frauen* den Blick in die Zukunft:

Ich nahm mir vor, dieses großartige Werk in mehreren Abschriften auf der ganzen Welt zu verbreiten, so teuer das auch kommen möge: Es würde an verschiedenen Orten den Königinnen, Prinzessinnen und hochgestellten Damen überreicht, es würde gerühmt und gepriesen werden, wie es das verdient, und dann von diesen Frauen an die anderen weitergegeben.

Wenn dieser Gedanke und Wunsch in die Tat umgesetzt wird, womit bereits begonnen wurde, dann wird dieses Buch in allen Ländern besprochen, verbreitet und publiziert werden, obwohl es in französischer Sprache verfaßt ist. Aber da diese Sprache auf der Welt stärker verbreitet ist als jede andere, wird unser Werk deshalb nicht unnütz und ungelesen bleiben, sondern in verschiedenen Abschriften und ohne in Vergessenheit zu geraten auf der Welt überdauern.

Folglich werden es viele tüchtige und energische Frauen sehen und hören, Frauen aus dieser Zeit und aus kommenden Zeiten. Sie werden eine Fürbitte an Gott richten für ihre Dienerin Christine und sich wünschen, diese habe zu ihrer Zeit gelebt oder begehren, sie gekannt zu haben.

Der Schatz der Stadt der Frauen (1405)

III. Anhang

Literaturhinweise

Alle in diesem Buch präsentierten Übertragungen aus Christines Werken gehen auf die mittelfranzösischen Originaltexte zurück. Einige leichte Kürzungen wurden aus ästhetischen Gründen in der Übersetzung nicht eigens markiert.

Christine de Pizans Werke in deutscher Übersetzung

Das Buch von der Stadt der Frauen

aus dem Mittelfranzösischen übersetzt von Margarete Zimmermann, Berlin 1986; München 1990 u.ö.
Alle in dem vorliegenden Band zitierten Texte aus der *Stadt der Frauen* wurden eigens neu übersetzt.

Der Schatz der Stadt der Frauen

Weibliche Lebensklugheit in der Welt des Spätmittelalters.
Übersetzt von Claudia Probst, hg. u. eingeleitet von Claudia Opitz, Freiburg 1996

Der Sendbrief vom Liebesgott

aus dem Mittelfranzösischen übersetzt, eingeleitet u. kommentiert von Maria Stummer, Graz 1987

Ein weiteres Lese- und Bilderbuch mit neu übersetzten Texten von Christine de Pizan, versehen mit weiteren Miniaturen aus ihren kostbaren Handschriften, befindet sich in Vorbereitung und erscheint demnächst im Verlag LEIB & SEELE, Zürich.

Ausgewählte Werke der Christine de Pizan*

1. Lamentacion sur les maux de la guerre civile
(Klage angesichts der Schrecken des Bürgerkriegs) in:
The Epistle of the Prison of Human Life with An Epistle to the Queen of France and Lament on the Evils of the Civil War,
hg. u. üb. von Wisman, Josette A., New York/London 1984, S. 84-95

2. L'Avision Christine
(Christines Vision)
hg. von Liliane Dulac u. Christine M. Reno (Ms. im Druck; für die freundiche Überlassung danke ich Liliane Dulac und Christine M. Reno)

3. Le Débat sur le »Roman de la Rose«
(Briefe gegen den Rosenroman)
(Christine de Pizan, Jean Gerson, Jean Montreuil, Gontier et Pierre Col),
hg. von Eric C. Hicks, Paris 1977

4. Le Livre du Chemin de Long Estude
(Das Buch vom Weg des langen Lernens)
hg. von Robert Püschel, Berlin 1887; Reprint Genf 1974

5. Le Livre de la Cité des Dames
(Das Buch von der Stadt der Frauen)
hg. von Maureen Ch. Curnow, 2 Bd. (davon ein sehr umfangreicher Kommentarband), Diss. Vanderbilt University, 1975

6. Le Livre des fais et bonnes meurs du sage roi Charles V
(Das Leben des weisen Königs Karl V.)
2 Bd., hg. von Suzanne Solente, Paris 1936-1941

7. Le Livre de la Mutacion de Fortune
(Das Buch von der unbeständigen Fortuna)
4 Bd., hg. von Suzanne Solente, Paris 1959-1966

8. Le Livre des Trois Vertus
(Das Buch von den Drei Tugenden, oder: Der Schatz der Stadt der Frauen)
hg. von Charity Cannon Willard in Zusammenarbeit mit Eric C. Hicks, Paris 1989

9. L'Epistre Othea
(Der Brief der Othea)
in: Loukopoulos, Halina Didycky, Classical Mythology in the Works of Christine de Pisan, with an Edition of 'L'Epistre Othéa' form the Manuscript Harley 4431, Ann Arbor 1990

10. Œuvres poétiques
(Gedichte)
hg. von Maurice Roy, 3 Bd., Paris 1886 -1896

*Die hier aufgeführten Werke Christines sind moderne Ausgaben und liegen, wie angegeben, in französischer Sprache vor. Lediglich die unter Nr. 5 und 8 genannten Werke sind bislang ins Deutsche übersetzt worden. In allen anderen Fällen dienen deutsche Titelangaben in Klammern der besseren Verständlichkeit .

Literatur zu Christine de Pizan und ihrer Zeit

Bumke, Joachim,
Höfische Kultur. Literatur und Gesellschaft im hohen Mittelalter, 2 Bd.,
München 1986

Duby, Georges/Perrot, Michelle (Hg.),
Geschichte der Frauen, Bd. 2: Mittelalter,
Frankfurt/New York 1993

Du Castel, Françoise,
Damoiselle Christine. Veuve de Me Étienne de Castel, 1364 -1431,
Paris 1972

Garnier, François,
Le Langage de l'image au Moyen Age. I: Signification et Symbolique.
II: Grammaire des Gestes,
Paris 1982, 1989

Groag Bell, Susan,
»Wandteppiche und politische Symbolik. Die ›Cité des Dames‹
der Margarete von Österreich«, in: Bock, Gisela/Zimmermann, Margarete (Hg.),
Die europäische Querelle des Femmes des 15.-18. Jahrhunderts,
Stuttgart 1997 (im Druck)

Hindman, Sandra L.,
»With Ink and Mortar: Christine de Pizan's ›Cité des Dames‹ (An Art Essay)«,
in: Feminist Studies 10,
1984, S. 457-483

Hindman, Sandra L., **Christine de Pizan's »Epistre Othéa«. Painting and Politics at the Court of Charles VI,**
Toronto 1986

Huizinga, Johan,
Herbst des Mittelalters. Studien über Lebens- und Geistesformen des 14. und 15. Jahrhunderts in Frankreich und in den Niederlanden,
Stuttgart 1975

Kleinau, Elke/Opitz, Claudia (Hg.),
Geschichte der Mädchen- und Frauenbildung, Bd. 1,
Frankfurt a. Main/New York 1996

König, Eberhard,
Boccaccios Decamerone.
Alle 100 Miniaturen der ersten Bilderhandschrift,
Stuttgart/Zürich 1989

Kuhn, Annette/Pitzen, Marianne,
Stadt der Frauen.
Szenarien aus spätmittelalterlicher Geschichte und zeitgenössischer Kunst,
Zürich/Dortmund 1994

Meiss, Millard,
French Painting in the Time of Jean de Berry.
The Limbourgs and their Contemporaries, 2 Bd.,
New York 1974

Pernoud, Régine,
Christine de Pizan.
Das Leben einer außergewöhnlichen Frau und Schriftstellerin im Mittelalter.
Vorwort von Margarete Zimmermann,
München 1990

Probst, Claudia,
Ein Handbuch für weibliches Leben im Spätmittelalter:
Christine de Pizans ›Livre des Trois Vertus‹,
Pfaffenweiler 1996

Rieger, Dietmar,
»Die französische Dichterin im Mittelalter.
Marie de France – die ›trobairitz‹ – Christine de Pizan«,
in: Baader, Renate/Fricke, Dietmar (Hg.),
Die französische Autorin vom Mittelalter bis zur Gegenwart,
Wiesbaden 1979, S. 29-48

Schaefer, Lucie,
»Die Illustrationen zu den Handschriften der Christine de Pizan«,
in: Marburger Jahrbuch f. Kunstwissenschaft, Bd. X, S. 119-208

Schneider-Lastin, Wolfram,
»Christine de Pizan deutsch.
Eine Übersetzung des ›Livre des fais d'armes et de chevalerie‹
in einer unbekannten Handschrift des 15. Jahrhunderts«,
in: Zeitschrift des deutschen Altertums,
1996 (im Druck)

Schoell-Glass, Charlotte,
Aspekte der Antikenrezeption in Frankreich und Flandern im 15. Jahrhundert.
Die Illustrationen der ›Epistre Othea‹ von Christine de Pizan,
Diss. Hamburg 1993

Schraut, Elisabeth/Opitz, Claudia,
Frauen und Kunst im Mittelalter,
Braunschweig 1983

Solente, Suzanne,
»Christine de Pisan«,
in: Histoire littéraire de la France,
Paris 1974, S. 335-422

Tuchman, Barbara,
Der ferne Spiegel. Das dramatische 14. Jahrhundert,
Düsseldorf 1980

Willard, Charity Cannon,
Christine de Pizan. Her Life and Works,
New York 1984

Wolfzettel, Friedrich,
»Spätmittelalterliches Selbstverständnis des Dichters im Zeichen von Fortuna: Guillaume de Machaut und Christine de Pizan«,
in: Das Mittelalter I,
1996, S. 111-128

Zimmermann, Margarete,
»Wirres Zeug und übles Geschwätz«.
Christine de Pizan über den Rosenroman, Schriftenreihe Rosenmuseum Steinfurth,
Frankfurt a. Main 1993

Zimmermann, Margarete/De Rentiis, Dina (Hg.),
The City of Scholars.
New Approaches to Christine de Pizan,
Berlin, New York 1994

Zühlke, Bärbel,
Christine de Pizan in Text und Bild.
Zur Selbstdarstellung einer frühhumanistischen Intellektuellen,
Stuttgart 1994

Abbildungsnachweise

© British Library, London:

Manuscript Harley 4431,
Diese Londoner Prachthandschrift, zusammengestellt in den Jahren von 1410 bis 1415, enthält dreizehn illustrierte Werke Christines. Es handelt sich um die berühmteste und umfangreichste Sammelhandschrift mit ihren Werken.
Seiten 9; 21; 35; 37; 68/69; 79; 87

Manuscript Add. 20698
Seiten 65; 75; 91

© Bibliothèque Nationale de Paris:

Manuscrit fonds francais 603,
Seiten 44; 108/109

Manuscrit fonds francais 606,
Seite 73

Manuscrit fonds francais 835,
Seite 83

Manuscrit fonds francais 1177,
Seite 101

© Bibliothèque Royale Albert I, Brüssel:

Manuscrit 10982,
Seiten 11 und 33

© Bayerische Staatsbibliothek, München:

Livre de la mutation de fortune,
Codex Gallicus 11
Seiten 51; 59; 95

© Erlangen, Universitätsbibliothek:

Epitre Othea, Manuskript 2361
Die Handschrift stammt aus der Zeit um 1460. Sie enthält 103 Miniaturen von Willem Vrelant (Brügge) in Grisailledeckfarbenmalerei.
Seiten 55 und 105